宇宙飛行士のペン

山田直堯

NAOTAKA YAMADA

作品社

宇宙飛行士のペン

宇宙飛行士のペン

患ってからのかれは、痩せたからだがいっそう細くなり、歩く脚もとが宙に浮くように頼りなげに映った。だが眼は澄み、口もとにはいつも笑みが漂っていた。そんなかれが、無理をしているのではないかと心配になり、独りでいるときの気持ちを想像して、いたたまれない思いがした。がんの手術をうけ、五二歳の若さだというのに余命のきまった退院だった。

おたがいに若いときから酒精に愛されたふたりだったから、その習慣だけは退院後もつづいた。たいてい向こうから声がかかった。病状を心配して私のほうが控えていたからだ。

夏は早朝の三時、冬になっても五時には起きて、かれは黙々と散歩をしているらしかった。その途中にある教会の樹齢何百年かの大きな欅《けやき》を、かれは〈宇宙樹〉と呼んでいた。その欅の話はくりかえし口をついて出た。宇宙樹に励まされて、かれは闘病記を書いているようだった。気分がよさそうなときには欅の出番が多かったから、宇宙樹はかれの体調を知るバロメータにもなった。

散歩道で拾った紅葉《もみじ》や欅の落ち葉を水彩絵具で仕上げて、かれは会うたびに私に手渡してくれた。手のひらにのるほど小さなスケッチは、多いときにはいちどに二、三枚もあった。繊細な筆運びが色鮮やかだった。私は近所の画材店で択《えら》んだ小さな額縁に作品を入れ、書斎のデスクに置いた。あとの作品はスクラップして大事に仕舞った。作品は日を追ってふえていった。

日ごろ無口なかれが、酒席でめずらしく胸中を吐露したことがあった。〈がんに感謝しなくちゃね〉と、かれはいきなりそうきりだした。まもなく生涯をおえようとしているのに、毎日がたのしい、と真顔で言うかれに意表をつかれ、私は返事ができなかった。

かれはしばらくだまって、私の狼狽ぶりをながめていた。が、やがてとってつきの話でもするように口をひらいた。〈散歩から戻るとき、出勤する人たちと対面通行になるんだ〉と、少年が自分だけの秘密をひそかにたのしむような言いかたをした。城のまわりの広い公園をゆっくりと一巡し、地下鉄の駅の道沿いに歩いて戻ってくるのが、かれの毎日の散歩コースだった。〈がんが棲《す》みついてくれたおかげで、仕事から解放されたのだからね、やっぱり感謝しなくちゃね〉とかれは呟《つぶや》くように言葉をかさねた。ようやく、かれの言いたかったことがわかった。

フリーランスなどと恰好をつけてはいても、ふたりは世間からみれば所詮アウトサイダーの一匹狼にすぎない。仕事で切り刻まれた感受性に、つかのまの休息をあたえてくれたがんにさえ感謝したくなるほど、マス・コミュニケーションの業界は過酷なところだった。薄く唇をとじたかれが痛ましかった。私は深く頷いて、ま、一献、と銚子の口を向けた。その夜はいつもとちがって、ふたりは妙にしんみりと酒を酌《く》み交わした。

発病するまで、かれは食文化のささやかな雑誌を編集し、世にだしていた。いわゆる、ひとり編集者といわれるスタイルだ。雑誌の体裁はささやかではあったが、内容は専門的で密度が濃く、いまふうのグルメ雑誌とは一線を画していた。高尚な食文化の雑誌は、どこの書店もかんたんには置いてはくれず、流通はたぶん苦難の道だったにちがいない。

かれは方針をかえて、広告主をあつめて無料で配布するという方法を採った。その苦労がいのちを縮めたのかもしれない。住所録を頼りに飲食業者を一軒一軒まわり、海千山千の人たちから金集めをするわけだから、かれの不器用な性格が神経症を招きよせたのは容易に頷けた。

愚直に生きたいというのがかれの口ぐせだった。お題目だけではなかった。かれは車も携帯電話も遠ざけ、自転車にさえ乗ろうとしなかった。大きなショルダーバックにカメラなど取材道具を詰めこんで、自分の脚で黙々と歩き、地下鉄とバスだけで仕事をこなしていた。

そこまでの苦労に耐えて雑誌をだしつづけようとしたのは、いまの世の歪《ゆが》んだ食生活に警鐘を鳴らしたかったのだろう。トップクラスの新聞社の大きなコラムに寄稿したこともあり、その原稿は大きなスペースを割いて報道された。記事を読んで、食文化の門外漢である私は、その分野でかれの知名度が高いのをはじめて知った。

そんな苦労をしていたかれに、死の神が恩寵をそそぐのはいかにも不公平に思えた。かれから連絡があった。〈けさは、りんごふた切れしか食べられなかった。

夕方には、ついに、みかん一個だ。これが精いっぱいの、きょう一日の食欲だよ。自力で歩けるいまのうちに、〈入院をすることにした〉とかれは二度目の入院を告げた。やりきれない気持ちでいるとき、友人の禅宗の僧侶から、電子メールがきた。私は仏教徒ではないが、中国旅行で知りあったユニークな坊さんだ。人間のからだは〈病の器〉であり、その病は〈四百四病〉ある、と住職のメールには慰めの言葉が書かれていた。ありがたかった。だが病人にとっては、たとえ一病であっても、気持ちがうちひしがれるだろう。かれは、たったの一病で、若いいのちを断たれようとしているのだ。

最期の入院をあすに控えた夜、私はかれの自宅へ駆けつけた。枕もとに坐ると、頼みたいことが三つある、とかれは言った。はじめに、臨終に立ち会ってほしい、とはっきりとした口調でつたえた。つぎに、初稿ゲラがまにあわないときは闘病記の著者校正をひきうけてほしい、と頼んだ。最後に、死後の出版記念会のスピーチを頼みたい、と、よどみなく言った。ずっと考えてきたことらしく、言葉はなめらかだった。そのあと仰臥したまま、しばらくだまって視線を私に向けていたが、もうひとつ、と言った。ぼくの通夜には地酒のうまいのを用意させておくから、思いきり飲んでほしい、とつけくわえた。

枕もとに視線を落とすと、書き散らした紙片のうえに、なんの変哲もないボールペンが一本置いてあった。終末を迎えて、ベッドから起きあがれなくなっても、右手がつかえるかぎり書きつづける、と、かれを強気にさせているボールペンだ。贈ったときはそれほど気に入ってくれるとは思わなかったが、仰向けに寝た状態でもインクの出るボールペンが、ことのほか、お気に召したようだ。NASAが宇宙飛行士のために巨費を投じて開発したといわれる優れものだ。からだをどんな向きにかえても書くことができ、水中でさえもそれが可能、というのがうたい文句だった。かれは散歩の疲れもあって、戻るとすぐ横になり、そんなとき重宝しているらしかった。仰臥したり、横臥したりしながら、大学ノートに書きこんだ下書きがある分量まとまると、パーソナル・コンピュータに入力しているようだった。

闘病記は地元の老舗の出版社から出ることにきまった。後顧の憂いを絶っての入院だった。担当編集者は、かれの余命を知って、あうんの呼吸で手際よく編集作業をすすめてくれた。

病室に、ほとんど毎日、私は顔をだした。ベッドの傍らには点滴の器具はなく、一本のコードさえみあたらなかった。いつ訪ねても両手を胸のうえで小さく握りしめ、身じろぎもしないでじっと眼をつむっていた。がんがみつかった直後に手術をして、抗がん剤の治療を一時期ためしたが、それ以後、かれは延命治療をいっさい望まなかった。愚直に生きたい、という口ぐせを入院中もつらぬいた。枕もとには織布のペンケースと大学ノートが一冊あるきりで、テレビも観ず、好きな読書さえも放棄し、水と鎮痛薬だけでその日を静かに待っていた。

かれはしきりに〈死〉について語りたがったが、死に直面した心境など想像もできず、そんな話は辛くてできそうにもなかった。〈みんな、ぼくのまえでは死の話をさけるんだよな。ぼくは死について、とことん話がしたいのに〉とかれは物足りなげに私に言った。死ぬということはどういうことなのだろう、と想像してみたが、やはり面と向きあって話しあう勇気はなかった。〈死んでいくのは、ぼくなんだよ。遠慮はいらない〉と、かれはすこし気落ちした声で、なおも促した。

私は思いついて、大学のときの学友ふたりと北陸へ旅する約束があることをつたえた。かれは眼に笑みを浮かべ、〈まだしばらくは生きているから、だいじょうぶだよ。のんびりしてくるがいい〉と言った。が、その眼は、死の話から遁《のが》れようとした私の魂胆を見破っていた。

版元に頼んであった初稿ゲラが、私のところにも届いた。巻頭にタゴールの言葉がおかれていた。

〈いざ別れのときが来た。さようなら、兄弟たちよ！　君たちみんなにおじぎをして、わたしは旅に出かけよう。ここにわたしの扉の鍵をお返ししよう。こうしてわたしは、家の権利をことごとく放棄する。いまは、君たちの口から、最後のやさしい言葉だけが聞きたい。わたしたちは永いあいだ隣人だったが、わたしは、自分があたえることができたものより、多くのものを受け取ってきた。いま夜が明けて、部屋の暗い片隅を照らしていた灯は消えた。お召しが来たのだ。わたしは旅支度をととのえて待っている〉。（森本達雄訳『ギタンジャリ』第三文明社）

かれのいのちと競いあうような気持ちで、私はゲラに朱を入れた。原稿を読むのは、それがはじめてだった。かれが照れて生原稿をみせてくれなかったからだ。じつになめらかな、情趣にみちたエッセイだった。まもなくブック・カヴァーのスケッチも版元から病院へ届けられた。散歩道で親しんだ宇宙樹が瀟洒に描かれていた。かれはほとんど視力を失った眼でじっとスケッチをみつめていて、痩せて小さくなった口もとをかすかにゆるめると、深く頷いた。

かれの本は書店の宗教書のコーナーに平積みされた。表紙に欅の大樹がそびえ立つ装幀のできばえはみごとだった。本文の随所にかれの描き遺《のこ》した落ち葉のスケッチがちりばめてあり、造本も非のうちどころがなかった。

書店の店主に事情を話して写真を撮らせてもらい、それをラップトップ・パソコンに入れて病院へ急いだ。

仰臥したかれの眼のまえへ画面を拡大してみせたが、もう失明していた。顔をこちらに向けて、ありがとう、とかれは短く言った。そして、〈死んだら、ぼくに手をあわせてくれなくていいです。そのときのぼくのからだは、もぬけの空なんだから、拝んでくれなくていいです〉と小さな声で、思いついたように呟いた。それが私への最期のメッセージになった。

未明、夫人から連絡をうけて駆けつけたとき、かれは旅立ったあとだった。病室の窓が白みはじめた四時ごろ、いつもとかわらないすがたでベッドのうえで息絶えていた。夜が明けて、部屋の暗い片隅を照らしていた灯は消えた。かれの死はタゴールの言葉そのままだった。水だけで生き抜いたかれの顔は、美しいミイラのようだった。

食べられなくなっての自然死は、ふつう六日から一〇日ぐらいだといわれるが、かれはじつに二四日間も生き抜いた。強靭な意志がいのちをささえたのだろう。〈な、粘るだろ〉と言って笑ったかれの顔が忘れられない。最期までかれの意思を尊重してくれた主治医に感謝せずにはいられなかった。余命を告げられから一年と三カ月、盲腸にできたがんが転移しての死だった。息をひきとったとき五三歳だった。

三つの約束のうち、臨終を看取ることはできなかったが、夫人の話では、それまで静かに眠っていたかれが眼を醒《さ》まし、死ぬ、と三回呟いたあと息をひきとったという。かれの瞼《まぶた》の裏には、どんな死の光景が点滅していたのであろうか。あんなに死の話をしたいと望んだかれに、勇気をだして相手をしてやれなかったことが、唯一、心残りになった。

かれは死をもって、私に生きることの意味を教えてくれた。かれは生を愛したように死をも愛せたのだ。風前の灯《ともしび》のようなかれのいのちの火を消すまい、と私はそのことばかりに気を奪われていた。よき死を迎えようとしていたかれの最期の夢をやっと理解できそうな気がした。延命だけの医療について考えなければならない。私はそう自分の心に言いきかせて、安らかなかれの顔に別れを告げた。

遺体は家族にやさしくつきそわれて部屋から去り、看護師によって手早くベッドのシーツがとりかえられた。いままでそこにいたかれの痕跡は消された。

あの宇宙飛行士のペンもお伴をしたのだろうか。そんなことを考えながら通りへ出た。街は寝静まっていた。車一台通らない街路は別世界を思わせた。晩秋の夜明けの空が灰色の街並みを浮かびあがらせていた。かれの声がきこえたような気がした。〈書きたいものが、自由に書けるということは、こんなにもたのしいことなんだ。がんに感謝しなくちゃね〉。その声は、白くなった空へ吸いこまれるように消えた。

遅れた巣立ち

夏が近づくと、中庭の孟宗竹《もうそうちく》が古い葉を散らして、地表がセピア色におおわれる。竹の秋である。すこし遅れて、塀ぎわにある大名竹も落葉をはじめるだろう。その繁みのなかに巣があって、ヒヨドリの雛が二羽、見え隠れしていた。避寒地に拙宅の庭を択んだヒヨドリたちが、北の国へ帰る季節が近くなった。巣立ちの瞬間を去年も見逃した。毎朝、眼を醒ますと、私はまず二階の寝室の窓から雛たちをながめた。

早朝、叫ぶような声に起こされた。いつもとはちがう激しい啼き声だ。なにごとがおきたのかとびっくりして、ベッドから降り、すり足で窓ぎわに近づいた。カーテンをそっとあけて外を窺うと、ヒヨドリの巣はもぬけの空だった。うろたえて、啼き声のする方向へ視線を移した。眼下の手すりに親鳥がとまって長い尾をピンと伸ばしていた。体長は二五センチぐらいだろうか。青い灰色のくびの羽毛をふるわせ、うつむいて必死に啼き叫んでいる。異様といってもよい激しさだ。親鳥の視線を追うと、その先の低い手すりの隙間に、なんと雛鳥がいるではないか。二羽はからだを寄せあってうずくまっていた。巣から手すりまで親鳥がひとまず呼び寄せたのだろう。親鳥は翼を羽ばたかせて隣家の電話線に飛び移り、また啼きはじめた。ヒヨドリの巣立ちがはじまったのだ。

雛の一羽は大きくて活発そうだが、もう一羽は小さくていかにも弱々しげだ。私は自分のふたりの娘にかさねて、雛たちをみつめた。

しばらくして、大きいほうの雛がさっと羽根をひろげた。親鳥に向かって水平にまっすぐ翔び、転げ落ちそうになりながら電話線にやっとの思いでつかまった。残されたチビの雛は、不安そうに身を縮めるばかりで動こうとはしない。親鳥がふたたび激しく啼いて飛翔を促した。なんど呼びかけても、チビはじっとうずくまったままだ。どれほど時間が過ぎただろうか。チビがこわごわと羽根をひろげ、ジャンプした。おっ、と思わず私は唸《うな》った。チビはすこしのあいだ宙に浮いて羽ばたいていたが、あっけなく隣家の灌木の繁みのなかに墜落した。陽当たりのいい広々とした庭は、鎮まりかえって物音ひとつしなかった。だがチビがうずくまっている場所は、野良猫が頻繁にゆき来する通り道でもあった。

門のうえの電線に、もう一羽ヒヨドリがいた。こちらは三〇センチぐらいの大きなやつだ。それまで気づかなかったが、離れてずっと見守っていたらしい。父親のようだった。その横へ母と子が移って、三羽が整然と一列にならんだ。やがて背を低めて身がまえると、いっきに、そろって舞いあがった。羽ばたくたびに、幅の広い翼を横腹につけ、すいーっ、すいーっ、とまえへすすむ。ヒヨドリ特有の飛翔ぶりだ。かれらは規則正しくそれをくりかえしながら、上空に大きな波状を描いた。旋回をくりかえすかれらに私は期待をこめた。繁みにひそむチビのところへ着地してくれ、と祈るような気持ちだった。だが三羽は、墜落したチビのことを忘れたように、さらに空高く舞いあがり、あっけなく翔び去ってしまった。とり残されたチビの雛にかさねて、病弱な下の娘のことが思いだされ、私は居ても立ってもおれなかった。

娘がアメリカへ去って、もう何年になるだろうか。二四歳のとき、一〇万人に

四、五人といわれる難病を発症した不運な娘だった。

原因のわからない症状があらわれたのは、芸大の洋画科を卒業して、はじめて個展をひらいたころだった。会場で自分の描いた絵が二重にみえたり、道を歩いているとき電柱が二本にみえたりして、その症状は眼からはじまった。いくつかの病院で眼の診察をうけたが、原因はわからなかった。大学病院の眼科でさえ発症の理由がつきとめられなかった。遺伝性もなく、感染もしない病だったのが、せめてもの慰めだった。

そのうちだんだん瞼がさがり、全身が重くて腕があげにくくなった。あたまやくびをささえるのさえ困難になり、はためにも娘は辛そうにみえた。うどんやそばが嚥みこめない、と訴える症状もはじまった。嚥下障害である。ときどき呼吸困難の症状もあらわれて、容易でない病気になったらしいという不気味さが、いっそう家族の気持ちを重くさせた。いくつもの病院の診察をうけつづけたが、一見、健康そうにみえるのがかえってあだになって、原因のわからないままに日が過ぎた。

私と妻は幾冊もの医学書を首っ引きで調べた。神経の病気かもしれないと思い、ある国立病院の神経内科で診察をうけさせた。多発性硬化症か、あるいは重症筋無力症の可能性があるということだった。具体的な病名を報《しら》されたときは、治療がうけられるかもしれないという期待が先立ち、ひとまず安堵した。

だが事態は深刻だった。どちらも国が指定した難病だった。娘は検査の結果、重症筋無力症と診断された。原因はわからず、治療法もまだ確立していない病気だった。ただ生涯、完治は望めないということだけははっきりした。その日から気持ちの晴れるときがなくなった。あんなにのびのびと素直で、感性が豊かだった娘がなぜこんなことになってしまったのか。

病院には過去の治療例が二〇〇ほどあり、娘も胸腺除去の手術をうけることになった。車椅子での生涯になることもあるときかされたが、たとえそうなっても、いのちさえ助かってくれれば、と、私と妻は地獄に射しこむ一条の光に祈った。

娘はキャンバスに向かっても、どれだけも時間がたたないのに腕がささえきれなくなって、絵筆を手放さなければならなかった。脳からの指令を神経がうまく筋肉に伝達できないという、この病気特有の症状だった。やがて絵が描けなくなるのではないか、という不安にたえず脅かされているようだった。

在学中から好意を寄せてくれていた娘のボーイフレンドが、先のみえない開胸手術をうけると知って、〈ぼくにも自分の人生があるから……〉と言って去っていったことを、私は妻からきいた。身近だった人たちが、いつのまにか疎遠になっていくのを、娘は奥歯を噛みしめ、だまって耐えているようだった。娘が会話を交わす相手は、母ひとりになった。

開胸手術は無事おわった。だが絵描きの最後の望みを絶たれて、娘はなすこともなく、毎日を茫然と過ごした。昼夜を分かたず、終日つきそって暮らしていた妻は、娘の日常を私に訴えることもなく、独り耐えているふうだった。そんな母と娘の胸のうちは察するにあまりあった。が、私にはどうすることもできず、ただ、みているしかなかった。

ある朝、部屋に鍵がかかったまま、娘からの反応がなかった。胸騒ぎがして、屋上へあがり、梯子《はしご》づたいにベランダに跳びおりた。娘はカミソリの刃で左の手首を切って、ベッドにぐったりとして横たわっていた。私は気が動転した。病の負の部分の重さに耐えかねて、娘は生きる望みを棄《す》てようとしていた。主治医のこころづよい励ましにこたえ、一時はけなげに病に立ち向かっていた娘だったが、思うように絵が描けず、友も失って、すべての希望をなくしたのだろう。日々、孤独な胸中を思うと言葉がなかった。

娘は三〇歳になって、ニューヨークへいきたいと言いだした。頼る手づるもない未知の国へ独り旅立つのは無謀すぎた。つよく反対したが、日々、娘の失意をまのあたりにしていると、最後まで反対をつらぬくことは不憫《ふびん》でできなかった。娘といっしょに暮らすことをあきらめ、運命を天に託した。その日をさかいに、私と妻から笑顔は消えた。

地球の真裏にいる娘を想像して眠れない日がつづいた。

ニューヨークは、だが想像をこえた懐の深い街だった。彼女が電子メールで報告してくるアメリカ社会には、たとえようのない感動があった。病をもつ者への、温かい眼差しと偏見のなさに、私はこうべをたれた。あちらの人びとの愛情が、自暴自棄だった娘を思いがけずよみがえらせてくれた。もしニューヨークが娘をうけ入れてくれなかったら、彼女は生きてはいなかったかもしれない。私にはニューヨークが奇跡の街に思えた。娘が弱い人間にたいする愛を学び、ひとまわりも、ふたまわりも、大きく成長してくれることを願った。

娘はやはり絵が棄てられなくて美術学校に入った。ニューヨークではじめてひらいた油彩画の個展でも、多くの人びとのカンパと声援にささえられた。異国の恩人たちに、私は娘を通じて感謝の気持ちをつたえた。かえされた言葉に心底おどろいた。〈この国の文化に貢献してくれる若い日本人画家に、感謝するのはアメリカ人として当然です〉という返事に、国柄のちがい、人びとの思考のちがいを知って、言葉が継げなかった。やがて娘の作品はあちらの新聞や美術雑誌にとりあげられるようになった。娘はまわりの人たちに見守られながら、困難をひとつひとつ克服し、いっそう創作にうちこんでいったようだ。

個展のたびに、会場にすがたをみせるアメリカ青年がいた。娘は自分の病気を率直につたえたようだった。〈こちらでも重症筋無力症という病気はよく知られている〉とかれは言って、娘を励ましたという。私は半信半疑だった。娘に国際電話で通訳を頼み、彼女のどこが気に入ったのか、かれに訊いた。すると、アメリカ人気質とでもいうのか、返事はじつに歯切れがよく、明快だった。一番目は芸術家であること、二番目は純粋であること、三番目は、美しい、そうかえされた言葉に、親バカの歯が浮いた。結婚したい、と言う娘の電話の声は、ながく忘れていた明るい声だった。

発症して一二年。娘は二〇〇五年の夏、ニューヨークの日米合同キリスト教会で挙式をした。三六歳になっていた。高校生のときに洗礼をうけてクリスチャンになった彼女は、神の加護をうけながら、ついに試練を乗りこえた。ムコ殿は大学院で学ぶ俊英だった。かれの生家であるフロリダの両親と弟妹からも娘はエールを送られ、アメリカ市民への一歩を踏みだした。

住みなれたニューヨークを離れ、かれが学ぶボストンへ娘は引っ越した。新居は、広い中庭にうっそうと欅の大樹が繁る築一五〇年の大きなマンションだった。天井の高い広々としたアトリエの写真がメールに添えてあった。薬物治療の錠剤も減って、いまはキャンバスに向かっている、と文面は元気そうな日常をつたえてきた。

娘は出産が危ぶまれたが、大学病院の神経内科と産科の担当医師とが、同時に立ちあって、翌年、無事に女の子を出産した。私にとっては、はじめての孫だ。ムコ殿は、卒業して政府機関の仕事に就き、社会人として順調にスタートした。

一家はワシントンDCの郊外に移り、娘は新米主婦としての生活をはじめた。

娘からのアメリカ便りをいつものように読みながら、だがその日だけは、置き去りにされたヒヨドリの雛が気になって落ちつかなかった。寝室を出たり入ったりしてなんども窓をあけ、隣家の庭の繁みに眼を凝らした。だが繁みは、陽差しのなかで鎮まりかえっていた。〈おまえもなんとか、がんばれよ〉と胸のうちで私は呟いた。

夕暮れになって、信じがたい光景を眼にした。

去ったはずの親鳥が思いがけず戻ってきた。巣立ったもう一羽の雛は、どこかに待たせてあるのか、こんどは両親だけで隣家の玄関のひさしにとまって啼きはじめた。反応のない庭に向かってヒヨドリの夫婦はかわるがわる子を呼びつづけた。すると繁みのなかから、ピィーヨ、ピィーヨと、かすかに声がした。いかにも弱々しげな雛の声に私は耳を疑った。親たちのちからづよく呼びかける声に、かえす啼き声は息も絶え絶えにかぼそかった。チビは生きていた。終日、飲まず食わずで、うずくまっていたのだ。ヒヨドリの親子は、啼きながらしばらく交信をつづけていたが、ここでも奇跡がおきた。

なんとあのチビが垂直に舞いあがって、両親のあいだに割りこんだのだ。小さく身ぶるいをする子に親たちは大きく翼をひろげた。しばらくして三羽は、一直線になっていっきに空へ舞いあがった。もう一羽の雛のもとへひとまず戻るのだろうか。チビは両側から親鳥に寄り添われ、夕闇に吸いこまれるように消えた。あすは四羽そろって、北の国へ向かうのだろう。何千キロともしれない長旅だ。雛たちにとっては、はじめてのきびしい試練だ。成長した雛が生まれ故郷の私の庭に戻ってくるのは、いつごろになるのだろうか。

大名竹にのこされた小さな巣を、私は飽きもせず朝夕ながめた。

ヒヨドリ一家に思いを馳《は》せる私の脳裏に、娘一家の三人の顔がかさなった。出国したときのままにしてある娘の部屋に、孫娘の巣づくりをしてやらねばならない。私はカタログのベビーベッドの写真をながめて、眼を耀《かがや》かせた。

大学教授の怒り

電子メールが届いた。私信は何十年ぶりだろうか。かれは国立大学の名誉教授として、いまは大病院の院長だ。私もメールに近況をそえた。かれからまた、その返信がきた。メールの冒頭に、私のだしたメールの一部が引用されていた。引用符をつけて戻された文章は、つぎの部分だ。

〈何十年もまえに観た山崎豊子原作の『白い巨塔』の映画を、いまテレビでリメイクして放映していますが、あれが組織で生きる人びとの、いまもかわることのない群像なのでしょうね〉。

私の書いたこの部分が、かれのお気に召さなかったようだ。かれが医学部の教授であった気安さから、ふと思いついて、『白い巨塔』の背景になっている教授選挙にふれたのがいけなかった。

〈かつての学園紛争以来、少なくとも私の大学医学部では現状はまったく違っています。『白い巨塔』のような教授選は行われていません。私が教授に選ばれた時の出費は、電話代一〇円です。まな板の上の鯉（候補者）が、何らかの動きをしていることが分かったら、その時点で排除され、対象外とされます。いまの大学医学部では、助手、講師、助教授（計五名）と五名の教授、学部長一名のメンバーで選考委員会を開催し、そこで業績、人物などを長期間かけて検討して投票結果を教授会に報告し、最終投票を教授会でする方法が取られています。その他の医学部でも、ほとんどその方法は私の大学と変わりません〉。

かれは中学時代の親しいクラスメートであり、よきライバルでもあった。高校もおなじ進学校へすすんだ。卒業後は交流もとだえ、会うこともなかったので、かれが教授になった経緯を私は知らなかった。書きそえた感想はむろん一般論だ。返信の文面はすこしむきになっているようにも思えた。

高校時代のかれは頭脳優秀で、めざましく学業を伸ばして順風満帆だった。だが私はかれとは別の道に迷いこみ、もとへ戻ることができなくなってしまった。『太平洋戦争史』（全三巻）を読んだばかりに、私はその猛毒にあてられたのだ。

クラスの担任だった教師が個人的に私を呼んで、これを読んでみよ、とすすめた本だ。箱入りの立派な本だったが、しばらく放っておいた。左翼系の教師として定評があったかれが、なぜ私を択んですすめたのか納得がいかなかったし、とくに興味があるというわけでもなかったからだ。だが進学校の教師らしくないソフトな雰囲気に、私は好感をいだいていた。そんなことが以心伝心で通じたのかもしれない。本をかえす間際になって、気乗りがしないまま私はページをめくってみた。

思想に免疫のなかった私は、戦争犯罪の隠された真相をはじめて知って、読みだしたらやめられなくなった。ことに中国への侵略の事実は衝撃がつよすぎて、とうとう徹夜になった。が、仮眠をとっただけで登校せず、あとを読み継いだ。全三巻を熱病に憑かれたように寝食を忘れて読みきった。

その本が引き金になって、熱病は戦争史から、やがて思想史へと伝播し、猛毒はまたたくまに全身にまわった。高校に入って急に難解になった数学や物理学と苦闘していた時機だったから最悪だった。太平洋戦争史を貸してくれた教師は、私の苦手だった数学の教師でもあったから、その偶然がなんとなくおかしかった。

おなじ難解なら、私はマルクスやレーニンのほうが耐えられそうだった。文化大革命以前の毛沢東にも畏敬の念をいだいた。『共産党宣言』が愛読書になり、若気の至りと言われればそれまでだが、夢は共産諸国の荒野を駆け巡った。〈人の命は権力で奪えるものか〉のフレーズに惹かれて、正木ひろし弁護士の著書『裁判官』を読んだのもこのころだ。八海事件の真相を知って、夜も眠れないほど興奮した。教科書からも、受験参考書からも遠ざかり、愛読書はふえる一方だった。

世間が注視した島田事件や松山事件にも、私は執念に近い関心を寄せた。免田事件、二俣事件、財田川事件、と相継ぐ冤罪の疑いの色濃い事件からも眼が放せなかった。いずれも死刑が確定しながら、その後、一九八三年から八九年にかけてつぎつぎと無罪になった冤罪事件である。八海事件は今井正監督、橋本忍脚本で『真昼の暗黒』として映画化された。封切られたのが大学受験も間近な三年だったが、私は授業をサボって映画館へなんども出かけた。モデルになった八海事件は、公開されたとき二審で有罪になって、まだ審理がつづいており、映画は最高裁に上告する場面でおわっている。〈まだ最高裁があるんだ〉と被告が叫んだせりふが、いまも耳になまなましい。

司法制度にたいする関心は、進路を法学部にきめさせた功徳《くどく》もあったが、受験のためのテキストは棚上げし、補習授業にはついに出ずじまいだったから、落ちこぼれは決定的な事実となった。

当然の報いとして、かれとの学力の差は歴然としてきた。能力別に編成された進学クラスも、入学時はAだったのが、二年生になってBへ転落し、そして卒業の年には、ついに最低クラスのCへとすべり落ちた。転がり落ちる自分をとうとう在学中に止めることはできなかった。はためにはかれと肩をならべてグラウンドを走っているようにみえても、じつは一周も二周も遅れて併走していた。

しかし、私はたかをくくっていた。浪人して受験勉強に専念すれば一年でハードルはクリアしてみせる、という自信だった。だが進路をきめる間際になって番狂わせがおきた。教師だった両親から〈浪人はさせられない〉と思いがけないご託宣だ。浪人はもうめずらしくはない時代だったから、このひとことは青天の霹靂《へきれき》だった。〈現役でいけるのならモスクワ大学でもいいぞ〉と父は言った。ブラック・ユーモアの好きな父だったが、このときばかりは真顔だった。日ごろから私の不勉強ぶりをこらえていた無念さが滲んでいた。怒りは相当なものだったのだろう。ときには新聞の囲碁欄をながめて碁盤と向きあっていた父から、碁石を鷲づかみにして投げつけられたこともあった。自慢だったせがれが思想にかぶれて、入学希望の大学さえも探しあぐねる破目《はめ》になったのだから、よほど肚《はら》にすえかねたのだ。浪人を拒否された私もいらいらしていた。よせばいいのに依怙地《いこじ》になって、将棋で父に挑戦し、完膚なきまでにうち負かした。父は急に不機嫌になって、将棋盤をひっくりかえした。若いときは気の短い父だったが、このときは私にたいする肚立ちがかさなったのにちがいない。私はさながら羅針盤を失った船のようにさまよいながら受験期を迎えた。かれは旧帝大系の医学部に早ばやと進路の舵をきり、余裕たっぷりだった。

進路を分かってからは、かれと会うこともなくなった。報道の仕事をしていた私のところへ、とつぜんかれから手紙が届いた。医学部内部の不条理を取材してほしい、という内容だった。正義感にあふれた若い筆運びには、象牙の塔にたいする激しい怒りがこめられていた。だが私は担当のエリアを守るのが手いっぱいで、かれとの約束は延び延びになり、会うことなく日が過ぎた。いちど連絡をしたが、そのときかれは海外へ留学していた。ふたりはいつしか忙《いそが》しさに紛れて、年賀状だけのつきあいになった。その後、かれは予防医学の研究者として、教授にまで登りつめたが、私は玉石混淆のマス・コミュニケーションの世界に翻弄されながら、十年一日の日々を送った。

着信したかれのメールに怒りはこもっていたが、かつての若い日の激情にかられた怒りとは質がちがっていた。文面は威信をとり戻そうとするかのように熱をおびていた。業績に裏打ちされた自負がそうさせるのだろうか。

かれの自作のホームページによると、学者としての業績は目映《まばゆ》いばかりだった。国際学会の招聘は一〇回におよんでいたし、原著論文数は、欧文、和文とも、一四〇編を凌駕していた。引用された回数は、じつに四〇〇に近いというみごとさだ。こうした疫学研究の際だつ学業が認知されて、国からの研究費も年ごとにふえており、七〇〇〇万円に達した年もあった。かれは政治的な手腕にもたけていたのだろう。

翌日、またメールがきた。〈書き忘れたのですが〉と前置きして〈教授に選ばれるのはまったく他人の評価で決まるものであって、自分がどれだけ望んでも無理な話だ〉と執拗だった。〈三〜五人の最終候補者については、選考委員会の委員長と副委員長が面接して、研究や教育、診療などについての考えかたや抱負を直接きいて、業績や人物が評価される〉とも書いてあった。

そんな文面がつづき、最後に〈『白い巨塔』のような教授選が現実にあったとしたら、私の前の前か、そのまた前のときでしょうね。いずれにしても金品の動きはまったくなく、そんなことが起これば即アウトです〉と締めくくられていた。現役の権威が言うのだから、そうにちがいないだろう。私は門外漢ではあったが、かれの論文も、国際学会での知名度も評価していた。なにより友人の人格を深く信頼していたから、そんなにむきにならなくても……、と内心呟いた。

そのメールを最後に、年賀状さえもこなくなり、かれからの音信はまったくとだえた。マスコミずれした私の軽さが断罪されたようにも思え、かれにすまない気がした。私は単にひとつの小説をおもしろく読み、その作品のテーマを肯定し、世間話をするような気楽さで話題にしたにすぎない。きまじめな旧友の真剣な眼差しを思い描いて、たかが小説、されど小説か、と、私は大きなため息をひとつ吐いた。

教授選挙の腐敗がなくなれば、それを題材にした小説も時代遅れになるのかもしれない。だが創作の視点に立てば、こういう読まれかたをされては作者の心境も複雑だろう。社会を背景にして描く骨太な物語にも、人間の本質を追究してやまない普遍性があり、時代をこえた真実がある。カネがほしい、地位や名声を保ちたい、という欲望は、西鶴の時代からおそらくかわってはいないからだ。そういう人間のさがが物語の根っこにあるかぎり、小説はくりかえし映像化され、リメイクされ、そのたびに市井《しせい》の人びとの拍手をうけるにちがいない。

それにしても新進気鋭の医学生だったころ、かれは白い巨塔のなかで、なにを眼にして憤慨したのだろうか。私になにを訴えたかったのか、記憶をたぐり寄せてみたが、手紙の文面はついに思いだせなかった。が、こんどのメールの内容は、若い日の怒りとは天地のちがいがあった。功成り名を遂げると人はかわるものかもしれない。

名誉教授の怒りは収まらないかもしれないが、『白い巨塔』を収めた膨大な個人全集がふたたび刊行されるという。小説はあいもかわらずだ。人間がかわらないのか、社会がかわらないのか。私はかれとの過ぎた歳月の乖離を思った。

父の遺言状

父を骨にして戻った夜、生家の仏壇のひきだしから、遺言状が出てきた。むかしながらの和紙の巻紙に墨筆で書かれていた。かなり長いもので、後顧の憂いなきを願ってこれを遺す、と書き出されていたが、世俗との妥協を嫌う父の人生論のような趣《おもむ》きがあった。そのなかに、〈怒りは敵と思え〉と私あてに書かれた一行があった。生前、正義感も歯止めがないと身を滅ぼす、と私を諭した父の気持ちが滲み出ていた。正義感といえばきこえはいいが、若さの気負いもあって、私は自分でも厭《いや》になるほど短気でわがままだった。しばらく自宅から通勤していたが、父から離れたくなって家を出た。おまえはおれに似て気が短いからなぁ、と嘆いた父も、晩年は別人のようにおだやかになった。

私が社会に出たときは、国をあげての高度成長期だった。ニュース映画も、そのころはまだ勢いがあった。劇場で毎週上映していたし、ニュース映画の専門館でも、各社のニュースをそろえて上映していた。私は新聞社系のニュース映画の制作部門で、企画を担当していた。プランが企画会議で採用されると、つぎの週はカメラマンと取材旅行に出た。入社した年だけで私が担当した制作本数はほぼ二〇本をこえたから、提案した企画の打率はわるくはなかった。

当時は地方都市にもニュース映画館があって、父はそれをかかさず観ていたらしい。冬のある日、とつぜん父からアパートに電話があった。〈北陸の豪雪〉を観たが、と前置きをして、〈A社もB社も、なかなか見応えがあった。残念ながら、おまえのところはよくなかったな。ただ川端康成の『雪国』を思わせる出だしはよかった〉と率直に言った。

入社してはじめての冬だった。まれにみる豪雪が北陸一帯をおそった。列車が北陸トンネルに入ったとき、私は『雪国』の書き出しを映像にしようと思いついた。〈国境の長いトンネルを抜けると雪国であった〉という有名な一行だ。北陸トンネルの暗闇をバックに、メイン・タイトル。そこを抜け出ると一面の雪景色、という趣向だった。カメラマンはアイディアを急に告げられ、大慌てでドイツ製のアイモというカメラをセットして、先頭車両へ向かって走った。アイモがまわりはじめてまもなく、先方に出口が小さくみえ、列車がトンネルを抜け出ると、一面、白い世界になった。よかったのは、それだけだった。福井から金沢へと向かい、私はやみくもに雪ばかりを撮った。他社の作品はいずれもテーマがはっきりしていて、行政の対応の鈍さや、市民生活の困窮ぶりなどをきめこまかく映像で紹介していた。私は気負いばかりが先走る不勉強なスタッフだった。父にちょっぴりほめられただけでいい気になるような若造だった。

テーマ不在の失敗作にも懲りず、私はある情報につよい関心をいだいた。当時、新薬がつぎつぎに開発されていた。睡眠薬のサリドマイドという薬である。遠く西ドイツでは三〇四九人、日本でも三〇九人の被害者が出たというデータを入手した。副作用がすくなく安全な薬というので、妊娠した女性のつわりの緩和などにも多用されたことが被害をふやした。

この薬害問題は、ドイツとちがって当時の日本では、報道関係者には門戸がかたく閉ざされていた。テレビでも映像に接することがなかったので、実態がよくつかめず、一般の人びとにはほとんど知られていなかった。なんとしてもニュース映画でとりあげたい、と私は思いつめた。だが、当然のことだが映画には映像が必要だ。はたして悲惨な被害者の映像など撮れるだろうか、と思い悩んだ。

なにはともあれ、まず被害者に会うのが先決だった。私はある筋からやっと被害者の住む地域の手がかりをえた。その所在を幾日もかけて懸命にさがした。愛知県内在住の二家族に、私はついに会う機会を得た。自宅へ伺い、両親から両腕のない女の赤ちゃんをみせられたときは言葉が継げなかった。もうひとつおどろくことがあった。被害者のあいだでは、すでに連絡網がひそかにつくられていたのだ。そのネットは東海地方から関西、四国にまでひろがっており、全国の被害者が合流して、大阪の製薬会社へ抗議をする手はずになっているのを知った。

私はデスクに報告をして取材の許可をとった。

抗議に向かう二組のご家族の了解を得て、私とカメラマンは近鉄名古屋～大阪線のおなじ車輌に乗った。中央あたりの座席で、赤ちゃんを胸に抱いて授乳するおかあさんのすがたを眼にとめた。私たちは母子から離れて、車輌の連結部分から望遠レンズをつかって撮影をはじめた。ながいカットだった。このシーンが劇場のスクリーンで大写しになったとき、観客からいっせいにどよめきの声があがった。『恐怖の新薬渦・十字架の子ら』は、被害に遭った赤ちゃんの初の映像公開となり、思いがけずブルーリボン賞の受賞作品になった。入社二年目を迎えたばかりだった。

こうした作品が私のような新人にも制作できたのは、籍をおいていたニュース映画社が小さな組織だったからだ。大きな組織だったら、たぶん一〇年待っても撮らせてもらえなかっただろう。翌年の春、私は目前にせまった東京オリンピックの取材班のスタッフに派遣される内示をうけた。ちょうどそんなとき、他社の社会部から移籍の通知をもらった。こちらは大組織なのでスタートは近郊都市での勤務だったが、未来の可能性にかけたいと思った。

だが父はそれを知って、〈鶏口となるも牛後となるなかれ〉の教訓をひきあいにだして、私の転職を戒《いまし》めた。が、当時はテレビの草創期でもあり、ニュース映画の斜陽化は眼をおおうものがあった。私は父の助言をききながして、東京オリンピックへのチャンスを棄て、新聞記者の道を択んだ。ニュース映画と訣別《けつべつ》しようときめたのには、もうひとつ理由があった。敬愛するデスクの辞表が私に影響をあたえたからだ。ジャーナリズムの〈いろは〉も知らない新人の私に、基本をきっちりと叩きこんでくれたデスクは、生粋《きっすい》のジャーナリストであり、職場の上司というより師匠でもあった。デスクが退社をきめたのは、ニュース映画が新聞社の広告メディアの色合いを濃くしていた状況に、報道人としての矜恃《きょうじ》がたもてなくなったのだろう。もしこの時機にデスクの辞表が出ていなかったら、私は父の戒めにしたがったかもしない。師には教えを請いたいことはたくさんあった。が、しばらくあとになって、がんで亡くなったという訃報に接し、それもかなわなかった。

記者としてあたらしく一歩を踏みだした私は、警察署や官公庁を日々取材しながら、小さなスクープを積みかさねていった。空港や航空自衛隊基地なども守備範囲にあったから、けっこう緊張を強いられる毎日だった。記者生活に馴れだしたころ、全国民が注視する東京オリンピックのファンファーレが華やかにテレビで生中継された。かつての同僚たちが開会式の会場を跳びまわるすがたを脳裏に浮かべると、さすがに寂寥の思いを抑えることができなかった。中継画像を観ている生家の父の胸中を思い、私は親不孝をすまなく思った。

一日に二度発行される新聞には、ニュース映画とはちがう緊迫感があった。たまたま初任地では航空自衛隊機の大惨事に遭遇したし、日々おきる事件には事欠かなかった。だが大きな組織ではあっても、末端では、読者サービスのために小さな事件もとりあげなければならない。子豚が逃げだして行方不明、というようなささやかな話でさえも、〈トン走〉と見出しをつければ記事になった。事実、三カ月行方不明になっていた子豚がまるまる太って警察に保護された〈事件〉があった。子豚を拾って飼っていた男は遺失物横領罪で書類送検されたが、そんな記事でさえ書きかたを工夫すれば、地域版のトップになった。これが私の取材エリアの現実でもあった。

かつて全国をターゲットに、一ウィーク一テーマのぜいたくな企画で取材ができたニュース映画とは、さまがわりの毎日だった。牛後となるな、と諭した父の教訓を嚙みしめ、ふさぎこむ日が多くなった。

たまに帰郷する私に、教職を退いた父はきまってひとこと、元気か、と訊いた。私が仕事の忙しさを自慢そうに喋《しゃべ》ると、〈人間らしくな、余裕も忘れるなよ〉と父は諭した。昂揚した気持ちに水を差されたような気がして、私は複雑な気持ちになった。世俗を離れて悟りきったように生きる父に、憧憬をいだいてはいたが、反撥する気持ちもなくはなかった。

やがて、父の杞憂が現実になった。私は巨大な組織の末端でいつのまにか目的を見失い、孤独な迷路を歩いていた。いちど〈鶏口〉で鬨《とき》を告げた者が、〈牛後〉に徹するのが、いかにむずかしいものであるかを思い知らされた。社会人としてスタートした日から、調査報道の魅力を知った私には、年中、事後報道に明け暮れる日々が、だんだん耐えがたくなった。

私は創作活動を仕事にしたくて、思いきって大きな組織を離れた。賭け以外のなにものでもなかった。が、幸運だった。芸術系大学の特別講義で食いぶちをあたえられたり、雑文を書いたりして、なんとかペンを手放さないで食いつなぐことができた。眼に耀きが戻ったのが自分でもわかった。

父の眼差しは、以前にもまして、期待よりも不安の色が濃くなったようだ。せがれの性格を知りつくしている父は、また挫折をくりかえすのではないか、と心配しているのだ。寡黙な父の老爺心は、離れていても私にはつよくつたわった。いまにも雪がちらつきそうな正月明けの寒い日に、父は脳梗塞で死んだ。六六歳だった。

葬儀をすませた二、三日あと、父の死に符牒《ふちょう》をあわせたように、私の脚は硬直して思うようにまえへすすまなくなった。取材先へ向かう途中だった。歩こうとしても動かないからだの急変に気が動転した。仕事の過労と、それをまぎらわせる連夜の深酒に、心身疲労がきわまったのにちがいない。父がこのありさまを知らないで逝ったことが、せめてもの救いだった。

医師は〈バーンアウト〉のようだと診断した。心とからだの兆候が組みあわさって出現する一種の燃えつき症候群だというのだ。アメリカの精神科医ハーバート・フロイデンバーガーが〈バーンアウト症候群〉と名づけたのがはじまりだという。精力的に仕事をしていたのに、とつぜん意欲を失い、いままでエネルギーにみちあふれて、仕事に没頭していたすがたとはまったく対照的な状態になってしまう病気だそうだ。周囲の人たちを思いやる余裕がなくなり、些細なことにこだわって相手を責め、不信感と敵意をいだいて怒りを向けるのだという。その点がうつ病とはちがうが、やがてうつ病へとすすむ人はすくなくない、と医師は言った。そのおぞましさに私は衝撃をうけた。

医師は入院をすすめたが、通院して治療をうけるということで諒解《りょうかい》を得た。

医師の助言で、私は都心の仕事場をはらって、郊外の自宅にひきこもった。それから一年半。仕事を抑えて、執筆の分量を減らし、日曜、祝日を除いて一日もかかさず通院した。くる日もくる日も、空白のながい一日がつづいた。私は失われていく時間に飢えたような乾きをおぼえた。それなのに、なぜか心は暗くはならなかった。気持ちはかえってせいせいして爽やかになった。病によって、はじめて心の休息を知ったせいかもしれない。父が、人間らしくな、と私を諭したことが、すこしわかりかけたような気がした。

闘病の日々、私の脳裏から氷雨《ひさめ》の降る父の告別式の光景が離れなかった。その前夜、生家へいくまえに、下の娘は祖父から贈られたヴァイオリンの教習に音楽塾へいくと言ってきかなかった。コンサートをもう聴くこともない祖父のために、娘は懸命にヴァイオリンを弾いた。私と娘のふたりだけの通夜になった。

翌日、葬儀は雨傘をさした弔問客に見守られてはじまった。そのなかに少年の一群が眼をひいた。少女がひとり室内に入ってきて、父の愛用していたピアノに向かった。ベートーヴェンの小さな胸像がピアノのうえに置かれていた。石膏像の鼻がねずみに囓《かじ》られていたが、いっこう気にするふうもなく父が手放さなかった遺品だ。ピアノの演奏がはじまった。事前に報されていなかった私は、なにがはじまるのかと訝《いぶか》った。鍵盤から流れる父の作曲した旋律に導かれて、少年たちの歌声が雨のなかから聴こえた。澄んだ声に触発されて、嗚咽《おえつ》がこみあげた。歌声がやむまで、私は膝のうえに落ちる涙を抑えることができなかった。

白いスーツで全身をつつんだ長身の父が、つよい夏の陽差しをあびて私の脳裏に浮かびあがった。ブラスバンドを率いて、都心の目抜き通りを颯爽《さっそう》と行進する父のすがたは、こども心に誇りだった。明治の最後の年、農家の五男に生まれた父は、貧しくて果たせなかった東京音楽学校への夢をタクトに託していたのかもしれない。祭壇のまえにつどう少年たちはそのメンバーの最後の後輩たちだろうか。私には父の遺曲にかわるものがなにもないことに気づいた。父がせがれに示唆をあたえようとしたことが、やっとわかりかけた気がした。

体調の回復が確実になったので仕事場をふたたび都心に戻した。執筆の勘も戻って、仕事に追われる日常が復活した。だが、もう自分を見失うようなことはなかった。私はいつのまにか競争社会から遁れる術《すべ》ばかりを考えるようになった。書きたいものだけを択ぶようにすると、良質なエネルギーが出てきそうな気がした。人生の総決算に向けて、そんな第一歩が踏みだせたらどんなにいいだろうと思えてきた。

芥川賞作家の小谷剛氏が主宰する「作家」に出会ったのは、気持ちが微妙に変化しはじめたときだった。文学に縁のない生活をしてきた私は、不惑の年を迎えるまで、同人雑誌で筆を磨くしくみがあることさえ知らなかった。

父の遺曲に刺激をうけ、小説の習作をはじめて三年。原子力発電所の作業員を主人公にして書いた小説が活字になったのは、チェルノブイリの事故がおきる前年だった。批評が各紙誌に採りあげられた。

〈原発批判小説だ。筑豊炭鉱に見切りをつけて北海道の開拓部落へ移った一家の物語だが、父親は原子力発電所へ働きに出て被曝、大学進学をあきらめた息子も原子炉の清掃にしたがって被曝する。開拓民たちの貧しさ、代行会社の父にたいする示談書提示、原子力発電の機能、原子炉の内部、放射能について、そして原発内で働く労働者の実態、原発の政治的背景などが描かれるなかで、作者はつぎのように書く。「石炭から石油へ、そして原子力へとめまぐるしくかわる国の政策に、勝治たちは各地を流れあるいた。ゆく先ざきで、きまって災害や公害の被害をうけるのは、そこで働く人間と、そこにすむ人たちにかぎられていた」と。描こうとしている問題も科学技術の面もよく調査されており、それが叙述のなかにとけこんで違和感をおこさせないのは、作者の文章の力であろう。〈近藤信行「文學界」一九八五年九月号〉〉。

この作品は、ある文学新人賞にもノミネートされた。たまたまの幸運にすぎなかったかもしれない。が、作家の吉行淳之介氏と河野多惠子氏の選評はつよい励ましになった。父につたえられないのは心残りだったが、やっと顔向けができるような気がした。

だが私の書くものなど、父の遺曲にはとてもおよばない。生きかたも父の理想とはほど遠い。小説を書きつづけるとしたら、胸突き八丁はこれからだろう。小説を書きだして、自分の身についた通俗さがどれほど書く障壁になっていたかを、私は骨の髄まで思い知らされた。文は人なり、とは、なんと名言かと思った。通俗な自分の性格の根っこに石を投げるには、どうしたらいいだろう。あらたな悩みをまた背負いこむことになった。

純文学アレルギー

四〇歳を過ぎるまで、私は小説というものを書いたことがなかった。いや正確にいえば、らしきもの、は書いたことがある。苦心のすえ書きあげたのは五〇枚ほどのものだった。いちどは小説を書いてみたいという単純な動機はこれでみたされた。だが私の書いた作品は、しろうと眼にみても小説というにはほど遠かった。かといって、エッセイとか手記とかいえるような仕上がりでもなく、へたな作文という代物だった。

時機が偶然にかさなって、妻が新聞社の主催するカルチュア・センターの小説教室にかよいはじめた。彼女の上達ははやかった。センターが発行した同人雑誌の創刊号に、講師の推挙で、短篇小説が巻頭におかれるまでに腕をあげていた。

妻のような素質が自分にないのに私は気づいた。やっぱりやめようか、と思ってみたりもした。いわゆる純文学といわれる小説が私にはまったくわからなかった。いや小説そのものというより、その文章になじめなかった。不遜にも、これが日本語なのか？　と思うことさえあった。文章を書くという作業にアレルギーはなかったはずなのに、仕事の経験がかえって邪魔をしたのかもしれない。

それまであまり関心のなかった雑誌の「文學界」とか、「文藝」「新潮」「群像」などを手あたり次第読んでみた。が、睡眠薬よりもよく効いた。なにが言いたいのか、なにが書かれているのか、意図も意味もさっぱりわからず、作者たちがことさら文脈を複雑に書いているようにさえ思える始末だった。おなじ日本語なのに、小説の文章がまるで異国語のように感じられた。どう読んでも、やはり純文学は難解の一語につきた。読みづらさに辟易《へきえき》しながら、ようするにこういう意味なのか、と意訳しながら読みすすめる作業は、さながら古典の読解に似ていた。

たまに読みやすい文章に出会ったときは、ホッとひと息つけた。そういう文章を書く作者は、偶然にも、いや必然だったかもしれないが、記者出身の人が多かった。最近はコピーライターの出身者もふえている。ちがいはなんなのだろう、と考えた。ひょっとして不特定多数の人たちを対象に筆を執《と》る作家と、特定少数の読者に向かって書く作家と、さらに言えば、自分のためにだけ書く作家と、そんなちがいがあるのかもしれない。なんとなくわかるような気もした。だが読むことにも、書くことにも、よろこびがみつけられないことにかわりはなかった。私はすっかり純文学アレルギーになってしまった。

小説など私の性におよそ似合わないジャンルだ、と投げだそうとして、なにげなく妻のノートを覗《のぞ》き見した。ある箇所で眼がとまった。〈ムダのない的確な文章を〉という講師の声が書きこんであった。そのひとことが私の血を沸騰させた。私がまだ会ったことのない作家のその声が、天の声にきこえた。眼からうろこが落ちるというのは、こういうことなのかと躍りあがる気分だった。的確な文章を書く自信はなかったが、むだのない文章なら書けるかもしれない。私は天の声に気をとりなおして、書きかけて放ってあった二作目の原稿を手もとにひき寄せた。

妻から小説教室の講義をまたぎきしたのが、私のリスタートになった。〈てをは〉のたった一字のひらがなが、文脈にあたえる微妙な影響をいまさらながら発見し、それまで文学に縁のなかった四二歳が、日々悩むことになった。

やっとの思いで書きあげた初の短篇小説を妻が読んで、「作家」へ投稿をすすめた。同人、会員あわせて百人余の大所帯である。むろん作品に自信があろうはずもなく、そんな怖ろしいところへ原稿を送る勇気はなかった。彼女に説得されて、私は怯《おび》えながらすすめに従った。しかし、ボツを覚悟していたから、採稿の連絡があったときは信じられなかった。〈この題、なんとかなりませんか〉、これが主宰者からの電話の第一声だった。別の題を考え、はがきに三案ならべて送稿した。が、返事はなかった。こんどこそはと考えぬいて、さらに三案考えた。これも梨のつぶてだった。つづいて三案送ったが、やはり無視された。作品はボツにちがいないとあきらめていたら、ゲラが送られてきた。題はもとどおり収まっていた。主宰者のほうがあきらめたのだ。さぞ、ご不満であっただろうと申しわけなかったが、この程度が私の限界だった。ゲラになんども眼をとおしながら、だれのものでもない自分の署名入りの原稿を書いた、という実感が胸に熱くこみあげた。

だが雑文書きを生業《なりわい》にしている私にとって、深夜、慣れない小説を書くのは、痛苦も並ではなかった。陽の明るいうちは営業をかねて、さまざまな人たちに会って取材をしなければならないから、その原稿を書きあげるのは深夜になる。それを横に置いてからが、地獄の一丁目のはじまりだ。コーヒー一杯で区切りをつけて「作家」専用の原稿用紙に向かうのだが、桝目《ますめ》を埋めるという一見おなじ行為に、両刃《もろは》の刃を突きつけられたような緊張があった。

当時はむろんワープロなどという文明の機器もなかったから、思考のきりかえが想像以上にむずかしかった。いっそ生活費は単純労働で稼いだほうがいいかもしれないと、つい、そんなことまで考えた。中年の肥満男にいまさら肉体労働などできるはずもないのに、そんな妄想に憑かれるのは、小説の毒素がいつのまにか全身にまわりだしたからだろう。小説のほかには一字たりとも文字は書きたくない、などと真顔で思いつめたのは、そうとう重症だったにちがいない。せめて一年、雑文書きから解放されたかった。だが妻子もちが労働から遁れる術はなかった。この心情は大学受験のおり、両親から浪人を許されなかった絶望感にも似ていた。おなじ手でなんとか小説らしいものを書きつづけなければならない、と覚悟した。

作家と言われる人たちがふしぎな人種に思えたのもそのころだ。文学史に名をつらねる著名な作家たちは、なぜか申しあわせたように文章読本のたぐいを世に発表している。ざっと調べても、古典に近い労作から最新作まで、おびただしい数が出版されていた。日本語をつかう人たちを総作家化せんばかりの勢いだ。作家みずからが身を乗りだして、未来のライバルを育成しようとする心理が解せなかった。きわめつけの友愛精神なのか、と私はくびを傾げた。競争の熾烈な経済界や政界では考えられない現象だろう。それとも作家の自己顕示欲がなせるわざなのか、いや作家志望者を歯牙にもかけていないのにちがいない。

あれこれと考えながら、三島由紀夫、谷崎潤一郎、大岡昇平、丹羽文雄と、そうそうたる大作家の読本を読んでみた。現役の作家たちのものも手当たりしだいページをめくった。作家論のたぐいを入れると気が遠くなる分量を読みあさった。書く手がかりがほしいという一念からだ。

やがて私は、ずいぶん遠回りをしたことに気づいた。ただでさえ時間のたりない日常なのに、なんと時間のむだづかいをしたものかとむなしくなった。大事なことは読むことではなく、書くことなのだ。あたりまえのことを、あたりまえにやること、このあたりまえのことに気づくのが遅かった。ただ、ひたすら書くことでしか道は拓《ひら》けない。あまたの文章読本の帰結は、この素朴な習作の基本につきた。毎日、最低一行は書くこと、雑念を払って書きつづけること、これがすべてだと悟った。

浴槽に浸かっているときや寝るまえに着想が多くえられた。たぶんリラックスしているからだろう。ときにはテレビを観ているときにもヒントがひらめいた。たいてい番組がつまらなくて意識がほかに向いているときだった。しかし、思いつきはメモをとらないとすぐ消えてしまう。推敲をした原稿用紙の束が、書斎にたまりにたまっていた。それをカットし、裏を簡易メモにした。ベッド・サイドや食卓、テレビを観る椅子のサイドテーブル、と家中、ところかまわず手製のメモ帳を置き、そばに筆記具をそえた。立ち歩いているときも、坐っているときも、眠っているときでさえ、とにかく家のなかにいるときは、小説のことばかりを考えた。

習作にわれを忘れて一年が過ぎた。四日市の公害裁判の判決一〇周年にヒントをえて、それを題材に中篇小説を書きあげた。「作家」ではじめて巻頭におかれた。むろんフィクションだが、背景は私がニュース映画を制作していた時代の体験をベースにした作品である。

〈アイモというカメラの視点をとおして、公害企業を撮影する作業そのものが小説になっている。若々しい固い筆は主人公、洋の仕事にのめりこむけっぺきさに息があって、事実をおさえた無駄の少ない書き方も主題にふさわしい力強いタッチを感じさせる。それで最後まで押し切って百枚にたるみがない。コンビのカメラマン谷沢の性格や動きもよく描けていて、作品の肉づけになっている。もちろん公害企業告発のテーマにつきもののパターンがあり、結末を予想させるものの、その無力感を前面に押し出さないで、撮影の経過それ自体が画になり、物語になって、型通りを感じさせないところがよい。（大河内昭爾「文學界」一九八二年一〇月号）〉。

読むのさえ苦手だった純文学雑誌に作品評が採りあげられるとは、正直なところ、想像すらしたことがなかった。急な坂道を喘《あえ》ぎながら走りつづけたような一年であった。

私にも小説が書けるかもしれない、と、やっとかすかな期待がうまれた。ようやくスタートラインに立てたのかもしれない。そんな感慨が私を緊張させた。若い日、天職だと信じてのめりこんだニュース映画に、私はここでも扶《たす》けられた。ジャーナリストとしての指導をうけたデスクの教えが作品の背骨になっている。いまは亡き師へのオマージュの思いをこめた小説だった。ほかの雑誌や新聞の批評にも採りあげられた。だが、次作はどうなるだろう、と想像すると、まるで自信がなかった。さらにその先は？　と考えてみたが、霧が深くたちこめているようで、まったく先が見透せなかった。

この作品が載ったおなじ号に、妻の作品も掲載された。カルチュア・センターから「作家」へ移って書いた第一作である。つたない社会派の作品は、そんなに時間をおかず、いずれ彼女の純文学作品に追いつかれ、追いこされるのは眼にみえていた。

事実と真実

虚構が事実より真実に近い、といえば、一見矛盾しているようだが、フィクションをノンフィクションに近づけると、その可能性はさらにつよくなるかもしれない。その距離について考える機会があった。「作家」に載った小説『濁流』を読んだときである。亡くなった先代の市長の遺志を継ごうと主人公の〈私〉が立候補し、選挙戦を闘いぬいて市長の座を獲得する話である。作者が元市長であることを思いあわせて、興味深く読んだ。

物書き仲間の集まりで、私は偶然、作者に再会した。一八年ぶりだった。駆け出し記者だったころが思いだされてなつかしかった。私が担当を離れて二年後、作中の先代市長が亡くなり、後継市長に選ばれたのが『濁流』の作者だ。小説の主人公と二重写しになって、感慨深かった。

作品のモデルになったのは、一九六五年におきた自衛隊機の墜落事故だった。愛知県の小牧基地で、航空自衛隊第三航空団のジェット戦闘機が、緊急発進訓練をしていて惨事をひきおこした。離陸直後、墜落、炎上して、農作業をしていた市民ふたりが死傷し、脱出しようとした乗員も死亡した。事故現場は名古屋空港から北へおよそ一キロあまり離れた農地だったが、すぐ近くには民家が密集していたから、墜落した場所がずれていたら死傷者は三人ではすまなかっただろう。

名古屋空港は、太平洋戦争末期の四四年二月、名古屋を中心に、中部圏を防衛するために、陸軍によって急造された軍事基地だった。終戦後、アメリカ軍に接収されて、国内でもめずらしい民間航空機と自衛隊機とが共用する飛行場になった。五七年に日本側にかえされて、航空自衛隊がここに移ったが、かねてから事故の危険が指摘されていた。空港は私の守備範囲のひとつでもあったが、新参者の私はニュース・ソースの確保に苦労していた。だが、このときは取材源が眼のまえに墜《お》ちてきたのだから、他社の古参記者とおなじ条件で闘えた。

遠く、黒煙が空に立ちのぼっているのに気づいたのは、市の広報室の窓からだった。ちょうど昼食がすんだあとで、職員と団欒をしていたときだった。黒煙の方角が名古屋空港のほうだったので、とっさに航空機の事故ではないかと直感し、あわてて市庁舎を跳びだした。バイクにまたがり、空港をめざしていっきに加速した。社旗が風を切り裂いてちぎれそうにはためいた。やがて黒煙が近づいてきて、巨大な機体がすがたをみせた。私はバイクを路肩に置いて、カメラを手に持ちかえ、麦畑のなかを懸命に走った。のどの奥から胃液が逆流して、げえ、げえ、と声をあげた。緊張のあまり、からだじゅうの毛細血管がつぎつぎに切れるような、そんな錯覚に陥りながら走りつづけた。

伸びはじめたばかりの緑色の麦畑は、いたるところで黒い土が剝きだしになり、航空機の焼けただれた補助タンクや翼がばらばらになって残骸をさらしていた。金属の焦げた異様な匂いが辺り一面をおおって、吐き気がいっそうつよくなった。墜落したのはF86Dジェット戦闘機だった。機首と尾翼が吹きとび、あたまと尻尾を断ち切られた巨大な鯨のように転がっていた。燃えつきて空洞になった真っ黒な胴体に向かって、私はカメラのシャッターを夢中で押した。新人記者の撮ったこの写真が、朝刊の全国版の一面に載るとは、このときはむろん思いもしなかった。

黒焦げになったジェット機を遠巻きにながめていたのは、事故の直前まで近くの麦畑で仕事をしていた人たちだった。畑仕事を手伝っていたこどもたちのすがたが多くみられたのは、学校が春休みだったからだろう。私は事故の目撃者をさがした。〈機体は墜落したあと、火の玉になってバウンドしながら滑走した〉と人びとは顔をひきつらせて話した。六六歳の男性が亡くなったのは、ジェット機の補助タンクがあたったのだという。いっしょに仕事していて負傷した三八歳の男性に、そのときの状況を訊いた。かれは声をつまらせながら話してくれた。

〈リヤカーで植木をはこんでいたとき、すごい音がするんで、ふりむいたんだ。そうしたら、地面すれすれにジェット機が飛んでくるじゃないか。土煙があがったんで、これは危ないと思い、畑のなかへうつ伏せになりながら、いっしょに仕事をしていた相手に、逃げろ、と叫んだ。顔をあげたら、二、三〇センチぐらい眼のまえを、火だるまになった翼が唸っておりすぎた。あのときは、息がつまって、からだがふるえてとまらなかったよ。もう生きた気がしなかったわ。おまけに空からリヤカーが降ってきたんで、なにがなんだかわかんなくて、びっくりした。風圧でリヤカーが宙へ巻きあげられたのだろうね。墜ちてきたそいつに腰を叩きのめされて、えらいめに遭ったよ。すぐそばで、相手がうつ伏せになっていたので、なまえを呼んだけど、もう動かなかった……〉。

私は基地の関係者に取材を開始した。事故がおきたのは午後一時一五分。一〇二飛行隊の三等空佐が、緊急発進した直後、エンジンが火を噴いて滑走路北端の麦畑に墜落したことがわかった。戦闘機は滑走路を一五〇〇メートル滑走して、三〇メートルほど浮きあがったとき、とつぜんエンジンが故障をおこしたらしい。パイロットは脱出したが、高度が低かったために重傷を負い、まもなく亡くなった。同機は無人のまま六〇〇メートルほど離れた畑にいちど墜ち、さらに一〇〇メートルにわたって三回ほどバウンドして炎上した。空路の直下で農作業をしていた住民ふたりが、不運にも死傷した。化学消防車など六台が現場へ駆けつけて消火にあたったが、機体は五〇分ほど燃えつづけたという。近くには約八〇戸の民家が密集していて、墜落地点がもう一五〇メートル北寄りだったら、惨事はいっそう大きくなるところだった。

事故の直後、市民の基地反対運動がおきた。十数人の農民たちが基地へ駆けつけ、安全対策をとるよう当局へ抗議した。インタビューした私に、代表の区長は

〈死人が出たんでは、もうがまんできない。火事や泥棒なら気をつければ防げるが、空から墜ちてくる飛行機は防ぎようがない。いくら抗議をしてみても、梨のつぶてだろう。わかってはいるが、このまま放っておくわけにはいかない。みんなの意向をまとめて、あすにでも防衛庁（現在は防衛省）とかけあいにいく。私たちの要求は、自衛隊の基地をなくしてほしい、ということだ〉と激しい口調で訴えた。

小説に出てくる先代の市長も、このとき事故現場へ駆けつけてきて〈市内にジェット機が墜落したのはこれがはじめてだが、仕事をしていた民間人が死んだということは非情に重大だ。あす基地へいって、二度とこのような惨事をおこさないよう抗議をして、徹底的な対策を望むつもりだ〉と語った。

このあとひらかれた臨時市議会で、基地の撤去が決議された。保守陣営の牙城だった市議会が満場一致で決議したという事実が、全国の耳目をあつめた。基地の移転決議だけなら、事故の直後でもあり、当然のこととうけとめられたかもしれない。だが議員の構成が、三〇人のうち二六人が保守系という議席の状況だったし、自民党の権力が揺るぎない時代でもあったから、全国ではじめてのケースとして、ビッグ・ニュースにもなったのだろう。

私は『濁流』に出てくる先代市長の談話を本社へ送稿した。〈市民はすさまじい騒音をたえしのんできた。しかし何の関係もない民間人が死ぬような事態が起きては「もうがまんできない」というのが市民の率直な感情だ。市当局としても、市の発展の障害になる基地などはすみやかにとりさり、安全都市建設を推進して市民の期待に添いたい〉。

市議会の決議のあとの市長はまことに歯切れがいい。まぎれもない市長の本音だと、私は疑いもしなかった。基地の撤去に異存はなかったし、市長談話は私自身の志向とも完全に一致していたから、そのまま記事にするのにためらいはなかった。

ところが小説のなかでは、私がインタビューしたときのニュアンスとはちがっていた。〈移転を決議したのは、国から補助金を取るための手段に過ぎないが……〉と市長はことなげに語っている。政治の舞台裏をなまなましく想起させる描写である。私ははからずも小説によって市長の本音を知ることになった。記事を書いた当時、市長の談話を事実どおりに報道したつもりだったが、それが

〈真実〉であったのかどうか、ということとは別の問題であるのを思い知らされた。

市長の狙いは別にあったのだ。引退の花道に豪華な新庁舎を建てることがきまっており、莫大な建設資金が必要なときだったから、死傷事故を国の補助金をあてにできる千載一遇の機会ととらえたのだ。そういう着想のできるところが、政治家の政治家たるゆえんだろう。自衛隊機の事故を掌中にして、かれの慧眼と辣腕によるかけひきは、国に向かって遺憾なく発揮された。むろん小説だとは承知しながらも、現場に立ちあった担当記者としてはこだわらないではいられないシーンだ。小説に描かれた現実を知って、私の精神状態は鬱々として沈んだ。なにが現実で、なにがフィクションなのか、自分でもよくわからなくなった。

実際の経緯はどうだったのか。臨時市議会の決議に関する部分を切抜帳からさがし、記憶をたぐりよせてみた。私の書いた記事はつぎのように活字でのこっていた。

〈基地移転を要求／陳情に小牧市議会動く〉の見出しにつづいて、〈去る三月二十九日のジェット機墜落事故について、航空自衛隊第三航空団小牧基地周辺の小牧市小針、小針巳新田、小針入鹿新田の区長ら住民代表約二十人が一日朝、小牧市長と市議会議長に「自衛隊の小牧基地をこの際完全に撤去させてほしい」と強く陳情した。

これに対し市では、さっそく同日午後、市議会総務委員会を開き、地元民の陳情について話し合った結果、二日午前十時から臨時市議会を緊急に開いて、(1)小牧基地移転要求の決議、(2)小牧基地対策特別委員会の設置、(3)市、地元三地区合同の損害補償対策委員会の設置——の三議案を上程、審議することを決めた〉。

私はさらに続報をつぎのように送稿している。翌日の朝刊の記事である。

〈小牧市議会は二日、小牧飛行場の即時移転の要求決議を原案通り満場一致で可決した。決議文はただちに防衛庁、航空自衛隊小牧基地、運輸省へ送ると同時に、隣接の名古屋市、春日井市、愛知県西春日井郡豊山村にもよびかけて、飛行場移転の運動をするという。小牧市の話では、神奈川県大和市議会が昨年九月、米軍機の墜落事故に関連して、米軍厚木基地の移転を決議した例はあるが、空港もふくめた航空自衛隊基地の移転を地元市議会が決議したのはわが国でもはじめてという。小牧市議会の勢力分野は、社会二、自民一、公明一、無所属二十六（うち保守系二十五、革新系一）となっている〉。

それにたいする国側のコメントはつぎのようだった。

〈防衛庁施設担当参事官の話　このような自衛隊基地の移転決議があったのは、たぶんは初めてのことだろうと思う。決議文をよく検討したいが、移転をすることはむずかしい。事故を少なくするよう対策をとること、滑走路の前方に当たる部分の（民家の）移転をこれまでより一層進めることなど、二次的な措置をとることになるだろう。地元とよく話し合っていきたい〉。

知事も、財界のリーダーたちも、私のインタビューにたいして、基地移転など無理、ときっぱりと言いきっていた。基地を移転させると言ったのは市長だけだった。それなのに私は、国から金をひきだすための水面下の裏工作がみぬけなかった。若輩記者の危うさにいまさらながら冷や汗の出る思いだ。その後、国を相手にした市長のかけひきが、思惑がどおりになったとしたら、私は国民の税金を不当につかわせる片棒をかついだことになるではないか。いまも基地に戦闘機は離着陸しているし、完成した庁舎も偉容を誇っている。

だが怪我《けが》の功名もあったかもしれない。新人記者の書いた記事は、残念ながら他紙のように大きくは採りあげられなかった。ライバル紙の記事は、一面トップにセンセーショナルにあつかわれたから、中央の政界や官界でも話題になったにちがいない。市長の戦略どおりになったとしたら、編集局長賞をもらったベテラン記者の罪は、私よりも重そうだ。だがスクープ負けしたのだから、記者としての私は、やはり敗残者であることにかわりはなかった。まさに黒星の二重丸である。元市長が執筆した小説を読んだばかりに、若い日の屈辱と敗北感をほろ苦く嚙みしめることになった。

報道は事実をつたえることができても、真実をつたえることがいかにむずかしいものか、私は一篇の小説に教えられた。一般の読者が記事だけで〈裏〉の真相を読みとることは至難のわざだろう。私は『濁流』をあくまで小説として読んだ。小説はフィクションであって、ノンフィクションではない。それを承知で、小説世界と現実とを短絡させてみて、自分がやってきた仕事がみえてきたような気がした。小説のこういう読まれかたは、作者にとってはきっと不本意にちがいない。が、私にとって『濁流』は貴重な作品になった。

道程はるか

あなたの作品にはジャーナリストのわるいくせがある、と小説の合評会で批評されたことがある。小説を書きだしたばかりの私には、わるいくせ、というのが、なにを指すのか、すっきりと胸に落ちなくて戸惑った。小説を書く素質についての指摘なら、すなおに納得できそうだった。書いて読みかえすたびに、へたさ加減を身にしみて感じていたし、私の文体が小説に向いているとは思っていなかったからだ。事実、屈折した人間心理や不確かな人の気持ちを掬《すく》いとることなど、私は不得手だったから、いつも書くたびに苦しんでいた。純文学作品の文体を変化球にたとえるなら、私の書く小説は、さしずめ直球というところだろうか。

だが最近になって、あの批評にはもうひとつ、別の意味があったのではないか、と思うようになった。批評した人は、馴れで書いていると言いたかったのかもしれない。

小説を書きだしたばかりの新人が、馴れで書く、というのも一見矛盾のようだが、文章についてだけいえば、そういうことが言えるかもしれない。新聞社にいたこともあって、私は書くことには多少馴れてはいた。文体は小説にほど遠かったかもしれない。が、はじめて書いた小説が、プロフェッショナルな作家の眼をクリアして、いきなり活字になったのだから、なんとか、かたちにはなっていたのだろう。これが過ちのはじまりだった。仕事のかたわら書くという制約もあったけれども、記事スタイルの文体で、短時間にいとも安易に書きあげた作品が、同人雑誌に収まり、新聞や雑誌の評に採りあげられれば、自分の執筆の姿勢を疑うことなど思いもしなくなる。

私の作品を読まされた人は、文学の豊穣な香りを嗅ぐこともできず、人間の真実にも出会えず、さぞ鼻白んだことだろう。ひとつの現実をただ知らされただけ、というのでは、詐欺に遭ったようなものだ。もっていき場のないもどかしさに、読後、いらだちが抑えきれなかったにちがいない。これが指摘をうけた〈ジャーナリストのわるいくせ〉なのかもしれない。

しいて私に小説を書こうとした動機があるとすれば、社会のしくみに人間が翻弄されて、悩んだり、怒ったり、あげくに敗北していく不条理、こういうことが書きたかったのかもしれない。こう書くと、なにか哲学的だが、動機はもっと単純だ。記者の経験を踏まえて、この分野が書きやすそうだという、そんな稚気と正義感に駆られてのことではなかったか。いまになって思えば、私は馴れで小説を書きだしたとも言えそうだ。楽屋裏をさらす気になったのは、小説を甘くみてきたことに、ほぞを嚙む思いがあるからだ。

記者の修業の一歩は、まず地域で暮らす人びとの現実の生活を知ることだ。それは小説家にも言えることかもしれないし、研修医が現場で患者に接する体験に似ているようでもある。とにかく新人は分野を問わず緊張の日々だ。記者の場合は、現場が即、執筆の戦場でもある。

日刊紙の原稿の締め切りは最長で一二時間しかない。だが事件が一時間まえにおきても、書く条件はかわらない。取材をして執筆する時間は一時間しか許されない。そんなきびしい制約が一日のうちに二回も巡ってくるのだから、まず事実をつたえるのが最優先になる。言葉をひとつひとつ考えていたのでは目的が果たせない。だから時間を惜しみ、ありあわせの言葉をつかうことになる。書くたびに手あかで汚れ、古くさくなっても、表現に悩むことも苦しむこともない。だれかが思いつき、その言葉がひろがると、それが便利な用語として定着する。いつ、どこで、だれが、なにをしたのか、原因はなにか、という、つかい古されたフレームに、その便利な言葉をはめこんで書いていく。文章がマンネリズムの見本みたいになったとしても、考える時間が節約できれば重宝だ。

私も事実に気を奪われて、文章の出来、不出来はあとまわしにしたが、それもたいして気にならなかった。自分の体型に文章をあわせず、出来あいの洋服を着せるのだから、スタイルに新鮮な魅力がうまれるわけはない。事実だけを追っているうちに、言葉にたいする繊細さを失ってしまったのだろうか。小説を書くようになって、そんなことをときどきふりかえるようになった。

単に現実を描くだけなら、わざわざ苦労して小説など書かなくてもいい、と、その人は合評会で言いたかったにちがいない。幸運にも小説を書く機会を得たのだから、その先にもうひとつ言うべきことがあるはず、と、もっと高い水位を私の作品に求めたかったのだ。

たしかに、馴れで書いた文章は人間心理に迫る鋭さに欠けるし、現実の領域を出ないのだからフィクションにとっては致命的だろう。自作を省みて、やっといまごろになってわかりかけた気もするが、当時の私は、蛇に怖じずだった。作品に進歩がないのは、せっかくのいい批評に気持ちが向かず、やはり馴れからくる傲《おご》りがあったせいにちがいない。同人雑誌の作品だけではない。プロフェッショナルな作家の文章にも、馴れを感じさせる作品に出会うことがある。馴れとは怖いものだ。

ある小説家の述懐を読んだとき、私はからだに電流をとおされた思いがした。しぼりきった濡《ぬ》れタオルをさらにしぼって、その雫《しずく》を一滴一滴、原稿用紙にしたたらせて書く、というのが、その小説家の述懐だった。その言葉が脳裏を離れない。かれは、深夜、たったひとりの相手に向かって、話しかけるように小説を書く、とも語っている。

遅筆の作家の名作には唸るような魅力がある。一日に数枚書き、翌日それを読みかえして推敲すると、数行に減ってしまう。また数枚書きたすのだが、翌日、生きのこる文章は、やはり数行だという。気の遠くなるような文章道だ。日々、マス・コミュニケーションの世界から発信される文章の洪水とは、源泉がまるでちがうことに気づく。最近、喧伝されるライト・ノベルだとか、ケータイ小説と称する作品の書き手にとっては、想像もつかない世界だろう。情けないことに、私も随想を読んだとき、作家の思考回路が理解できなかった。

私はいったん書きはじめると、一気に書きすすむくせが身についてしまっている。ほとんど後戻りをしないこのくせは、記事を書くときのスタイルだ。小説家の筆からみれば、私が鉛筆を執った分野は、きっと異次元の世界と映るにちがいない。私は小説を書くときも、テーマをきめると調査をし、必要なら取材をして、事実を掘りおこそうとする。迫真の場面を描く場合も、リアリズムに徹して、感情を混じえず冷めた筆致で描こうとした。ひとことで括れば、ある時期の作品はそういうことになりそうだ。

感情をまじえず冷めた筆致で書くという手法は、百歩譲って、読者に認めていただけるかもしれない。だが単に第三者の眼で事実を描くだけなら、新聞や雑誌のルポルタージュとどれほどのちがいがあるだろうか。充分に材料をそろえ、緻密に計算して組み立てて書くだけでは、事実は読者にわかるように書けても、あたりまえのことが、あたりまえにおきた、という印象になってしまう。

事実、社会とのかかわりを描くとき、どんなに小説的手法を駆使しても、いつも人間の内面にたどりつくことができなくて、私は暗澹とした思いに沈んだ。単にリアリズムに寄りかかって人間の表面をなぞるだけでは、小説が社会現象の重みに負けて、計算からはみだして立ちあがってこないのだ。

このスタイルを抜けださないかぎり、私の作品は人間の内面など抉《えぐ》りとれるはずもないし、作品が平板なままにおわってしまうだろう。読む人を納得させることなど、とてもできそうにもない。自分の書くものは文学になじまないのではないか、と私は、いつも不安と背中あわせに怯えながら書いている。

それでも、もし読者に感動がおきるとすれば、それは小説世界の現実からうまれたというより、事実の重みによってもたらされた感動のせいだろうと思う。これはノンフィクションのもつ迫真力と同質のものだ。

〈ジャーナリストのわるいくせ〉という指摘は、私の作品の弱いところをじつに正確に言いあてている。道程は、はるかである。

声の波紋

居酒屋で飲んでいるときに〈声が大きすぎる〉と物言いがついたことがあった。よその席からではない。いっしょに卓をかこんでいた物書き仲間からだ。相手が女性だったから、男子たるもの、これはこたえた。

品がない、ということだったのか、耳障りだ、ということだったのか。どちらにしても、私の声はまわりの人にずいぶん迷惑をかけ、嫌われてもきた。その物言いは至極当然なことに思えた。

酒を飲むときは、いや酒にかぎらず、話はやはり心地よく響く美声で話すのがいい。そんな素朴な感情が女性たちの癇《かん》に障ったのだと思うと、さすがに人知れず気が沈んだ。日ごろは極力、声を抑制しようと心がけているつもりなのだが、なかなかむずかしい。

ことに酒が入るといけない。飲むほどに、酔うほどに、制御装置が壊れたように、知らず知らずに声高になっていく。いい気になって大声をあげているようにみえても、じつは自分の声を抑制できないもどかしさに、本人はけっこう悩まされているのだ。

だが内心、飲むときぐらいは、やはり大声で話したいとひそかに思うのも、飲み助の矛盾にみちた心情だ。そう思わなくても、ご機嫌になれば声は大きくなる。いや、大きな声をだせば、ご機嫌になるのだろう。大声を生理的に嫌悪する人たちにとっては、こういう手合いと隣席になっては、はた迷惑このうえないにちがいない。せっかくの酒席を台無しにされては、〈声が大きすぎる〉と言わないではおれなくなるのだろう。立場をかえれば、その気持ちは身にしみてよくわかる。

地声にはずいぶん悩まされてきたが、私の場合、原因はのどにあるのではなく聴力にあった。不自由なのは左耳だが、両耳をあわせればだいたい人並みにはきこえるのだから、言ってしまえば、なんでもないことに思われそうだ。だが自分の声がきさづらいというのは、本人には想像以上に厄介ごとなのだ。自分の声が相手に届いたのかどうか不安になるから、声がつい大きくなる、という悪循環に陥ることになる。

　私の印象にいまものこっているのは、俳優の鶴田浩二が舞台で唄うスタイルである。かれは唄いながら、ときどき自分の声をたしかめるように、耳のうしろに手のひらをあてがった。そのポーズを思いだすたびに、ああ、あの人も左の耳がすこし不自由なのかもしれない、と、つよい親近感をいだいたものだ。人の面前で、堂々というべきか、平気でというべきか、あの大胆なポーズをみるたびに、私はその度胸に惚れぼれした。かれが大学の先輩だったということもあったかもしれないが、私はすっかり鶴田浩二のファンになってしまった。自分の声が気になる私も、声の高低をたしかめたいという気持ちがおきるけれども、あのポーズを相手の面前でとる勇気など、どこをさがしてもない。さりとて、補聴器をつけるにはちょっと若すぎる、と悩みはつきない。

　こどものときから、声には人一倍、いや二倍気をつかって生きてきたような気がする。

　二歳のときに中耳炎を患い、中学生になるまで私は左の耳に綿玉をつめこんだまま成長した。たえず、膿《うみ》が外に流れ出てくるからである。育ちざかりの十余年間、綿玉を毎日とりかえるのが習慣になって、いちどもとりはずしたことがない。成長して気がつくと、綿玉をしていた左の耳がいつのまにか難聴になっていた。耳の穴が綿玉に栓をされたせいで、外からの物音が遮断され、聴覚の発達がとまってしまったのかもしれない。

ききづらい自分の声をたしかめようという意識がはたらいて、小学生のころから私は大声少年になった。その〈功罪〉はいろいろあった。〈功〉のほうは元気な印象をあたえたことかもしれない。いつも学級委員に択ばれたのも、学芸会の主役の常連になったのも、きっと能力よりも大声の功徳ではなかったかと思う。

市の音楽会に私のクラスが学校の代表に択ばれたことがあった。三年生のときだ。担任の教師から指揮者を仰せつかったときはうれしかった。帰宅して得意げに両親に報告すると、他校で音楽教師をしていた父が〈変調子の大声が、先生にはさぞ迷惑だったのだぞ〉と言ってからかった。いま思えば、父もよろこんで冗談口を叩いたのだとわかるが、こどもながらに私の心はかなり傷ついた。このときのトラウマが中学生になっても癒されず、音楽の時間が苦痛でならなかった。これは功罪相半ばの範疇になるだろうか。

私の声は校長にも嫌われた。五年生のときの担任教師は私の大声を気に入ってくれて、『東海道中膝栗毛』の〈弥次さん〉の役に指名された。ところが、懸命に声を張りあげ、面白おかしくせりふの練習している現場をみた校長が、急遽、担任教師に台本を変更させた。あたらしい台本で私があてがわれたのは、舞台のうえで寝てばかりいる役だった。せりふはほとんどなかった。

〈なぜ校長はおまえばかり嫌うのかなぁ〉と言って、担任教師は私をみつめた。私には心あたりがあった。あるとき校長室へ呼ばれ、〈大声をだすな、騒々しい〉と言って私は叱責されたからだ。そのいきさつは担任教師にも、親にも話さなかったから、知る者はいなかった。私はその日、放課後にもういちど呼びつけられ校長室で二時間近くも立たされ、放っておかれた。教え子の人権などどこ吹く風だ。校長は、こどもたちが下校したあと、校庭の片隅でひとり草むしりをしていて、日が暮れるまで私のことを忘れていたのだ。いまだったらきっと大問題になっただろう。だが、校長は校長なりに、肚にすえかねる言い分があったのにちがいない。私は大声に輪をかけて、学年きっての腕白だったからだ。

だが中学生になって溜飲がさがる場面もあった。体育祭で委員長に指名されたのだ。晴天の秋空の下で、高い演壇から、思いっきり大声を張りあげて、全校生徒に号令をかける役がまわってきたのだから、大声も棄てたものではなかった。考えてみると、これも単に声が大きいから択ばれたような気がした。私は運動が大の苦手だった。走ればいつもビリになる体育委員長など珍妙ではないか。そう思うと思春期の気持ちは複雑に沈んだ。

新聞社のニュース映画をつくっていたときも、私の大声は隣の部屋にいても電話の内容がききとれるというほど定評があった。その部屋で仕事をしていた若い女と私はよく通路ですれちがった。あるとき通路の突きあたりにあった湯沸室で鉢合わせをしたとき、私は思いきって彼女に声をかけた。入社してはじめてボーナスが出た日だった。生意気にも、とっておきの洋酒バーへ誘惑した。ほろ酔いになった彼女は、新入社員の元気な声に惹かれた、と口をすべらせた。その女がいまの女房である。大声もまんざら棄てたものでもなかった。

だが父親になってからは、別の苦労がはじまった。幼いふたりの娘を大声で萎縮させてはならない、と気遣う時期がつづいた。妻には大声で怒鳴る短気な私も、娘たちのまえでは身を縮めていた。夫婦げんかをはじめると、過敏な下の娘はこども部屋に逃げこんで泣いていた、と、あとになって知った。

ところが上の娘はちがっていた。あるとき悪戯《いたずら》っぽい眼をしてテープレコーダを私に差しだした。玄関ホールの二階の吹き抜けから、ひもに吊るしたレコーダを手すりごしにぶらさげて、階下で妻に小言を言っている私の声を録音したらしかった。再生すると、私の声は小言どころか落雷ばりに響いた。けっこう傷つく一幕ではあった。

人のあつまるところ、コミュニケーションのツールに声はかかせない。社会で活動するかぎり、人との接触はあり、冠婚葬祭もさけられない。親族の集まりのときでさえ、私の大声は不快な思いをさせるようだ。自分の喋る言葉を確認できない不安感はたとえようもなく不気味だ。だが、いまのところ大声を矯正する術をみつけられないでいる。

そんな私が、声を低めて喋る人に困惑するのだから、身勝手なものだと思う。相手を尊重すればするほど、小さな声をききのがすまいと耳をそばだてなければならない。せっかくの出会いなのに、応答がちぐはぐになって、気まずくなったこともしばしばだ。

この難聴は、老人になるとどうなるのかと、ときおり考えこむことがある。地声に萎縮し、老いてひきこもる自分のすがたを想像するのも寂しい。いまから被害妄想になってどうする、と自分を勇気づけようとするのだが、さて、どうなることか。

ときどき声の大きな人にめぐりあうと、なんとなくほっとする。いつだったか文芸誌の対談で〈業界の三大音声〉と書かれた作家がいた。開高健氏と丸谷才一氏、もうひとりは井上光晴氏だったと思うが、声でも押しも押されもしない大御所だ。たとえ声に品がなかろうと、大作家ともなれば、大声でさえ華になるのだからうらやましいかぎりだ。それにつけても、ああ、わが地声よ。

顔のみえない犯罪者たち

個人情報のとりあつかいに乱れが出ているようだ。

個人情報保護法が施行されてから、犯罪に遭った被害者を実名で発表するか、それとも匿名で発表するか、警察と報道機関で議論がすれちがっている。警察は、そのつどこちらで判断する、と言い、メディアは、報じるときに判断するから実名で発表してほしい、と譲らない。実名を匿名にきりかえる公共機関もあって、いささか混乱気味だ。

メディアは相手が警察や検察であろうと、裁判所であろうと、権力機関をウオッチするのが役割なのだから、匿名発表を危惧するのは当然だろう。権力の動向がチェックしにくくなれば、当局の失態が隠蔽される危険さえあるからだ。

メディアの言い分はこうだ。警察の匿名発表が定着すれば、被害者から話を訊くことがむつかしくなり、報道の内容が片手落ちになる危うさがある、と不安を隠さない。事実、ストーカー殺人事件で告訴調書を警察が改竄、隠蔽した事件があった。それが発覚したのは、記者が被害者の遺族を取材できたからだった。もし当局の恣意によって、記者の取材する手がかりが失われれば、事件が闇のなかにおきざりにされないともかぎらない。事件の全体像を知るには、被害者側からも話を訊く必要がある、だから匿名発表はこまる、とメディアが主張するのはもっともなことに思われる。

ところが実名報道によって不利益をこうむる被害者も、また多い。

一〇七人が亡くなった二〇〇五年のJR宝塚線の脱線事故は、時が時、事が事だったので、悲惨な混乱をまねいた。一刻もはやく安否の確認をしたいと求める人びとに、個人情報保護法を理由に応じない病院があったし、被害者の家族の同意を実名公表の条件にした病院もあった。しかし公表に同意した被害者の家族が、たちまちメディアの取材攻勢にさらされるという、こちらにも見過ごせない事例がおきた。

事故の被害者だけではない。犯罪がおきた場合も、被害に遭った人たちが好奇の眼にさらされるという場面が、いまや日常化している。この問題は深刻だ。メディアはいまいちど事件報道のありかたを謙虚に検証し、きびしく見直す必要がありそうだ。

一方で、執筆陣を匿名にした新聞のコラムも健在だ。こういうコラムは匿名ではあっても、内情を知った読者には、だいたい執筆者の見当がつく。一部とはいえ、名士気取りの書き手の恰好の隠れ蓑にもなっているようだ。

匿名になると、相手を陥れる言葉も荒っぽくなる。ときおり、作家らしい筆者の恣意にみちた投稿に遭遇するとうんざりしてしまう。筆者の底意が透けてみえ、おなじ手で小説やエッセイが書かれているのかと想像して、背筋が凍える。悪達者な筆によって前途を阻《はば》まれた仲間内の作家の実話は、ネット上に日々流される言論の暴力と、もはやなんのかわるところもない。

新聞のコラムは、はたして匿名でなければいけないのかどうか、再考するときかもしれない。新聞社が択んだ筆者たちに物言いをつける気はないが、寄稿の内容には裏づけがあるのかどうか、事実を正確につたえているかどうか、匿名といえども、いや匿名だからこそ、良質な文筆の選択を編集者の慧眼に期待したい。

外部への依頼原稿だけではない。たとえば記者個人の署名のない〈社説〉という形式も、実質的には匿名にひとしい表現手段だろう。新聞報道のもつ権力を考えれば、議論の余地がありそうだ。

匿名の問題は、インターネットの時代を迎えて、いっそう複雑な様相をおびてきた。パソコンが操作できれば、意識して検索しなくても、だれもが知らず知らずに情報の渦に巻きこまれていく。これはいまや常識だ。ネット上に、書きたいことを書きたいように書く、という匿名発信の特質が手軽な人気ツールになって、勝手気ままに書き放題、とでもいえそうな、無責任な情報の氾濫ぶりだ。そのほとんどが匿名で、どこのだれが書いたものかは特定できそうにもない。自分の主張をだれでもが発信できるネットの威力は、紙の情報に劣らず、社会にあたえる影響は大きい。

無料をうたい文句にしたフリー・メールやウェブ・ログ、匿名のケータイなど、コンピュータ・ソフトを利用する犯罪が蔓延しているのも、匿名のツールが悪用できるからだろう。薬物もいまや大半がネットによる闇の売買だ。禁止薬物はネットが安全で安心、確実だ、と密売業者はうそぶいてはばからない。ネットの掲示板をつかえば、覚醒剤の愛好者は隠語で売買できるし、業者も匿名でやりとりができるから客に身もとを知られる心配がない。いちどつかったアドレスは二度とつかわず、代金の回収はネットで、配達は宅配便で、という手口だ。警察が違法情報の削除をサイトの管理人に求めても、ほとんど削除されず、このルートはすでに禁止薬物の商談の場として定着しているのが実態だという。

インターネットで公共性があるように一見装って、気に入らない相手を匿名で傷つけ、自分の欲望をみたす事件もあとをたたない。最近、著名な作家の嘆きを読んだ。専用ワープロからパソコンで駆動するワープロに執筆をきりかえたら、思いもかけない未知の匿名社会に遭遇した、と、そのおどろきが書かれていた。発信者は匿名だが、書かれる側の作家X氏はすべて実名だ。〈Xのこんどの新刊はつまらなかった〉。〈Xがミステリーを書いてくれる気配がないので図書館でも借りる気がしない〉。〈Xの恋愛小説は重たいからいやだ〉。いまやネット社会は情け容赦のない中傷の渦だ。どこの、だれなのか、顔のわからない読者からバッシングをうける薄気味わるさは、察するにあまりある。ウェブ・ログの中傷を不特定多数の人びとに読まれる妄想に悩まされながら、自作を書きつづけなければならない痛苦は、流行作家の有名税というにはちょっと気のどくである。だが作家は〈拙作について書かれた一文が、否応なく眼にとまる〉と嘆きながらも冷静だった。〈言いたい放題なのが小憎らしい〉と言いつつ、〈ネット愛好家の若い世代は書きかたが正直だ〉と認めてもいる。〈かれらが作品になにを感じ、なにに喚起されたのか、その実態から眼をそらさずに認識しておきたい〉と述べるプロフェッショナルな作家魂は、さすがというほかない。

メディアは匿名ツールをつかった悪質な事例を報道し、断乎として顔のみえない犯罪者たちを排除する勇気がほしい。匿名ツールは、あくまで権力にたいするささやかな武器として、弱者や少数者の最後の砦にしたい。

いさぎよい罰の甘受

小谷剛『冬咲き模様』（作家社）を読みおえて、大きな息を洩らした。正直に生き、その罰をひとりでうけていこうとする、これは男の小説だと思った。

だが主人公は、いまふうにいえば、軽薄短小のフレームにそっくりはまりこむような男に思え、常識の枠から抜けだせないで生きている者からは、指弾をあびせられるかもしれない。もし、この男と隣人としてつきあわなければならないとしたら、私ならずとも、かれの生きざまは表面にあらわれる現実をとおしてしか、みることができないのではあるまいか。

作者はそれを計算のうえで、いや、世俗のそうみる眼をむしろ逆にみかえす意気ごみで、自信にみちた筆運びをしている。

文体がもつ簡潔でむだのない独特のリズム、現象をありのままに切りとっていくむりのない筆づかいが、男の乾いた生きかたに息があって、読む者の意識をかえていく。読みすすむうちに、人間という生きもの、とりわけ男という生きもののもつ価値観とか道徳律とかいったものの不可解さに、つい、あれこれと思わざるを得なくなる。

事実よりもさらに事実くさい出来事にいや応なく出会わされると、たくみなその現実描写に、これは単に作者の才能というよりも、それをこえた現実が実際に存在するのではないか、とさえ思ってしまう。どこにでもありそうな人生の踏み絵を踏まされると、文学観賞などという物見高さはふきとび、男という生きものの習性、生活そのものに、なにか根本的な欠陥があるのではないか、と気持ちが重くなる。

五〇歳を過ぎた男が、若い女性にうつつをぬかし、離婚問題で思い悩む。当然のむくいをうけているわけだが、さらに年老いたとき、どのような罰が、かれを待っているのだろうか。これは作者みずからが、主人公の淳にたいして述べている感慨である。

淳の妻の奈津子は、夫とは親子ほど年齢のちがう愛人の虹子に皮肉さえ言わない。いつも鷹揚にかまえていて、娘が世話になったときなどは、ことさら愛想よく礼を言う。むろん妻が、虹子と自分との関係に気づいていないはずはない、と主人公は見透かし、夫の浮気に狂乱することなど、彼女自身の誇りが自分に許せないのだろう、とたじろがない。

結婚してからもかれは、ほかの女になんども心を移していく。どうせ一時的なつまみ食いにすぎない、と妻が傍観しているのを計算に入れているとはいえ、自虐的で、いささか投げやりなのだ。かれにとって、虹子もあまたの女のひとりにすぎなかったにちがいない。依怙地とさえ思えるほどその姿勢をかえないかれの意識の底に、懺悔の気持ちがひそんでいるのを私は読みとらずにはいられなかった。

うしろめたさを感じているかれの眼に、理知的に生きる妻は、ともすれば功利的にさえ映るのだが、彼女はつゆほども自分のことを功利的などとは思わない。そこに夫婦の微妙ないきちがいが生じるのだが、主人公はそのことにもあえて自己を主張しようとはしない。しないのではなく、できなかったのだろう。

そんな夫を妻は冷たくみすえ、あくまで自分の意志をつらぬいていく。このふたりの位置はきっちり等間隔をたもって、せばまることもなく、かといって、それ以上にひらきもしない。

しかし、やがてその距離に変化があらわれる。〈淳が次第に虹子にのめりこむようになると、さすがに奈津子も、抉るような皮肉を淳にあびせるようになった。だが、喧嘩にはならなかった。淳は反論せず、奈津子のことばが耳もとを通過していくのに、ひたすら耐えた。ずるい、とそんな態度を奈津子になじられても、非はこちらにあるのだから、沈黙を通す以外になかった〉。等間隔だった距離がくずれていくさまを、りきむことなく、作者はたんたんと書きすすめる。

破局という事実を傍観し、こうしてひらきなおられると、おどろきと名状しがたいやるせなさとが、こもごもわきおこってくる。あえて罰をうけるためとはいえ、現象をみつめる眼をいっそう透徹させ、語ることばを正直にし、肚をすえて行動しようとする主人公の姿勢から、人生にたいして正直でありたい、ありのままを生きたい、という作者のかたくなまでの意志がつたわってくる。

一見、ひとりよがりとも思えるエゴイスティックな主人公だが、同居する老いた両親に向ける眼だけは、ちがっていることに気づく。口やかましい母親に少年期は無条件に同情し、父親に批判的であったのが、奈津子との破局を迎えるあたりから逆にかわっていくのが、たくみに描かれていて、つよい感銘をうける。老いた母が、老いた父に激しい嫉妬をもやすのだが、ここでも主人公は、ふたりに距離をおいてながめながら、内に愛情を抱いているのがよくわかる。身内の人間関係をうとましく思う筆が、ユーモラスなタッチで描ききれたからだろう。

主人公はところどころで、自分のことを不謹慎だといって、自戒する。去った妻にも、原因はすべて自分にある、と、いさぎよい。〈性格の不一致など言い出せば、お互いさまで、やはり淳が虹子のために奈津子を見捨てたのが離婚の最大の原因で、その点では、奈津子にはなんの罪もないのだ〉。胸の奥で呟くその心情は、相手にはなめらかにはつたわらない。パターンは類型的ではあるものの、この作品のテーマからすれば、さけてはとおれない展開だろう。

だが自分に科すその罰ですら、かれは同居をはじめた若い女といっしょにうけようとしていないのが、うかがえる。あくまで、ひとりの〈個〉として甘受していこうとする姿勢に、爽やかささえ感じる。離別の感傷はなく、あたらしい生活に踏みだす甘さもない。

それにしても、五五歳という年齢のわりに主人公が若わかしく感じられるのは、身辺におきるさまざまな現象を、そのつどひたむきにみつめているからだろうか。〈離婚届が自分の胸ポケットに収まっているという思いが、逆に奈津子を新鮮に感じさせた。もし運転手に、以前奈津子と行ったことのあるラブ・ホテルに車を向けるように言ったら、奈津子はどんな顔をするだろうか、と思った。たぶん素直についてくるような気がした〉。主人公の真骨頂をみる思いがする。男と女の世界にかぎりない愛着を抱いている主人公の、女性にたいするあくなき好奇心をうかがわせるシーンだ。この正直な好奇心があるかぎり、この作品はまさにエンドレスになるのではあるまいか。

だが現実に、主人公がながく生きながらえたとして、ゆく末はどうだろうか。〈醜態をさらしたくないと思う反面、枯れ切ったおのれの姿を予想するのもさみしい〉とは作者の述懐である。

ある映像の記憶

二〇世紀に生きた人類の負の遺産がここに遺された。世界中が寄ってたかってやってしまったサタンのような行為が、なんと愚かであったか、映画『東京裁判』は、凄惨な事実から眼をそむけず、その過去をあらためて映像で焙《あぶ》りだした。このドキュメント・フィルムは一方で、神のような眼で人類の英知をみごとに描出してもいる。

東京裁判（正式には極東軍事裁判）は、あたかも日本の昭和史発掘の作業に似ていた。小林正樹監督が空前絶後の歴史の事実を歴史家に提供したのである。すべての日本人が、いや世界の人びとが、共有するのに値する大作である。法廷におかれた三台の同時録画のカメラが撮った、日本の戦争指導者のプロフィルと戦時の光景は、さながら一篇のドラマを観ているようだった。

裁判の進行にあわせて、満洲事変から支那事変、日中戦争、三国同盟、日ソ中立条約、太平洋戦争と、そのいきさつを実写フィルムでみせられると、つい時間のたつのを忘れてしまう。膨大なラッシュ・フィルムを極限にまできりつめて編集されただけに迫力はすごい。

極東の事情だけではない。ナチス・ドイツとソビエトとによるポーランドの分割統治の事実から、アウシュビッツなど各地の収容所の恐るべき殺戮の実態にまで踏みこんで、西欧の惨劇をまのあたりにみせた編集ぶりは、映画人ならではの手腕といえよう。居ながらにして世界戦争史を俯瞰できるこの映像は、かけがえのない人類の資産として永遠に記憶されるだろう。

歴史の流れをこうしてみせつけられると、日本の指導者七人が絞首刑の台上に立った事実は、決して一国家の問題ではなかったことがわかる。もはや、侵略か自衛かといった、単に言葉による机上の論議はほとんど意味をなさない。日本人による中国人の虐殺。ドイツ人によるユダヤ人の虐殺。人間はなぜこうまで符牒をあわせたように、いまわしい行為が平然とできるのであろうか。おなじ時代に、地球の裏と表でくりひろげられた殺戮行為の共時性に、総毛立つような戦慄が背筋を走る。

この世には、たしかに神とサタンが共存しているのだ、との実感がぬぐえない。事実、東京裁判でそれを裁いたアメリカ人も、その後、ヴェトナム人を虐殺しているし、中近東でも、他民族への侵略と虐殺があとをたたない。二〇世紀はまさに戦争の世紀でもあったのだ。

高度な文明と哲学をもっているかにみえる人間の本質はなにか。映像がつぎつぎにその正体を暴いていく。日本人による南京大虐殺の光景が映しだされると、場内にかすかなざわめきと小さなため息が洩れた。この事件は日本人と中国人とのあいだで、おそらく子々孫々までひきずるナショナリズムの哀しい象徴となるにちがいない。場内が鎮まるのを待っていたように、〈日本人が永遠に背負わなければならない十字架である〉とコメントが断罪する。ナレーターの佐藤慶の声である。いや、と私は胸のうちで呟く。日本人だけではない。人類という生きものが永遠に背負わなければならない宿業だ、と。

殺人と戦争犯罪の罪にくわえ、東京裁判では〈平和にたいする罪〉と〈人道にたいする罪〉とが設定された。平和と人道にたいする罪が裁かれたのは、この裁判の特徴のひとつといえる。戦争の計画や開始そのものの責任を問おうというのだ。

証言席で加屋興宣《おきのり》が言う。〈共同謀議などとお恥ずかしい。軍人はやるといい、政治家はこまるといい、北だ、南だ、と国内はガタガタだったのだ。被告のなかには、この日はじめて、顔をあわせた者もいるくらいだ〉。たぶんこの証言は事実なのだろう。こんなかたちで一億の日本人が戦争に巻きこまれたのかと思うと、憤る気持ちさえおきない。当時二、三歳でしかなかった私にも、開戦前夜の日本の政情が眼に浮ぶようで興味深かった。

本格的な歴史書とは無縁に制作されるあまたの映画やドラマでも、反戦、厭戦を問わず、賀屋証言を裏づけるような場面は、なぜか多い。いまの日本に、それに似た傾向がまったくないと言いきれるかどうか。政党政治が国民に見棄てられるとどうなるか、その結果の恐怖が、ここに証明されているようでもある。

たった一回だけ許された個人反証の機会を、被告人の多くが放棄した。日本人の戦争指導者たちには、国際政治にたいする感覚も、裁判での正当な権利の認識にも、大きなギャップがあったようだ。が、東条英機は正面から堂々と持論を展開した。被告二八人のうち、いさぎよく死刑を覚悟していたのは、おそらく、かれひとりではなかったか。自衛のための戦争だったとの主張はともかく、自己弁解や仲間内で諍《いさか》う被告人が多いなかで、かれの冷静な姿勢が印象にのこった。画面が内閣の首班に任命されたときの東条をみせてくれるが、法廷でもその姿勢がかわることはなかった。

背後の席に坐っていた超国家主義者の大川周明が、東条のあたまをピシャッとたたいて発狂する瞬間をカメラがとらえて衝撃だが、ゆっくりとふりかえり、眼を細めてうっすらと笑う東条の表情には息をのむものがあった。よい意味でも、そうでない意味でも、かれはやはりある種の人物であったことがうかがえる。

主席検察官キーナンが東条に執拗に迫る場面がつづく。アメリカ政府の意をうけ、天皇免責をひきだそうとしての尋問だ。だが東条は〈日本人で陛下の意志に背く国民はひとりとしていない〉と明確に言いきる。この論調の先にあるのは、天皇を戦争犯罪人とみなす決定的な証言だ。東条の顔をみつめるウエッブ裁判長の表情をカメラが捉える。迫真のシーンだ。ウエッブは天皇の処刑をつよく望んでいたといわれるし、連合国の三分の一も処刑を求めていたのだ。天皇の責任を回避しようと企むキーナン検事は、窮地に立つ。

ところが日をかえたつぎの法廷で、〈天皇のご意志にちょっとそむいたかもしれない〉と証言台で東条は前言をひるがえした。思いがけない場面に、私はあっけにとられた。水面下でアメリカ側から説得があったことをうかがわせるシーンだ。東条の偽証により、天皇は戦争犯罪人としての訴追をまぬがれることになった。たぶん、かれの生涯で信念をまげた唯一の証言だったのではないか。

当時のアメリカの指導者たちが、すでに先に待ちうける世界の東西冷戦を予期し、日本をそれに組みいれようと企んでいたことを、はからずも映像が証明してみせたのである。いまの日本のすがたとかさねてみると、いっそう実感がわく。法廷が一時、ウエッブ裁判長を本国のオーストラリアへ帰国させ、アメリカ人の裁判長を起用したのも、天皇免責に絡む工作があったのではないかと憶測を呼んだ。背後でうごめく大国の野望がみえて背筋が寒くなるような光景である。

歴史とは、なんとながい歳月をついやして解答をだすものか。それがまた、つぎの歴史の起点になるのを知ると、あらためて矜恃をたださなければ、と緊張しないではいられない。

裁く側が圧倒的につよいこの法廷で、だがアメリカ弁護団は雄弁であった。勝者による敗者の裁判は公正ではない、と主張し、軍事裁判は中立国でやるべきだと譲らず、戦争を国際法で裁いた例はない、と訴える。そして、裁く側に原子爆弾を投下した者がいる、と指摘して、その名をここであげることができる、と踏みこんで激しく原告に迫るのだ。残念ながら、この発言は速記録からは削除されたが、永遠の証言記録としてフィルムにのこされた。

連合国司令官マッカーサーも、二五人もの弁護人を法廷に派遣して法の公正を要求した。これがヒロシマとナガサキを廃墟にした直後の、加害国の国民の思考なのかと眼をみはる感動があった。アメリカの民主主義には、いささかの揺らぎもなかった。現在の地球上で、最強の軍事国家がアメリカなら、最大の民主国家も、またアメリカなのだという実感が深く胸にしみこむ。

この裁判記録のラッシュ・フィルムは、上映に一七〇時間が必要だったといわれる。アメリカの国立公文書館に秘蔵されたこの厖大なフィルムから、小林監督は歴史的な映像証言のカットを丹念にひろい、世界でただひとつしかない一五年戦争の証言を創造してみせた。

二〇世紀の世界を動かした人物たちが、スクリーンから表情豊かに話しかけてくる。トルーマンが出てくる。ルーズベルト、スターリン、チャーチルが、生きて会話をかわす。そしてド・ゴール、ヒトラー、ムッソリーニ、蔣介石、毛沢東が、ナマの言葉を語る。ちらりと顔をみせるだけのガンディーでさえ印象は強烈だ。〈日本が先進国と肩をならべようとするのは野心であり、その野心は正当なものではない〉と、日本帝国主義を断罪するひとことは、短く重い。この人たちは、いまはだれひとり生きてはいない。だが私たちは、まぎれもなくこの人たちがつくった歴史のなかで生きている。歴史を正確に捉える小林監督の眼力はみごとというほかない。

もうひとり印象にのこる人物がいた。インドのパル判事である。かれは法廷に一二一九ページにおよぶ意見書を提出した。〈日本を正当化すべきではないが、侵略戦争であったかどうかを法廷でもっと議論するべきであった〉と、純粋な法律論を主張している。判事の論理の背景には、ヨーロッパ諸国のかつての植民地政策にたいする批判があったのではないかと思われる。

このパルの意見書は、日本の国内で東京裁判の被告の無罪を主張する人びとによく引用される。だがパル判事は、国際法の専門家として、〈平和にたいする罪〉〈人道にたいする罪〉は事後につくられた法律であって、日本を裁く法的な根拠にならない、と判断したと思われる。意見書で日本に有利な主張をしたわけではなく、日本を有罪にする根拠自体を問い、東京裁判そのものを批判したのだ。事実、第二次世界大戦の残虐行為などについても、敗戦国の日本やドイツだけを糾弾するのではなく、戦勝国のアメリカなどにたいしても批判的な見解を分けへだてなく述べ、裁かれる国にたいする政策だけにかたよった恣意的な批判をつよく戒めている。

私たちに欠けている記憶が、この映像によって、つぎつぎに再現された。ひとコマ、ひとコマ、歴史の確認をつみかさねていく映像が、日本人の意識さえも変革するのではないか、そう思えて興趣はつきない。

この作品は第二次世界大戦の第一級の史料だ。日本人の手によって後世にのこされたことに誇りをもちたい。とくに日本の指導者には、世代をこえて観てもらいたい永遠のドキュメントである。侵略という歴史的事実を隠蔽したつけは子孫が代償を払わされるのは言をまたない。この作品もまた、それを示唆しているように思えた。

場内が明るくなっても、すぐ席を立つ人はいなかった。スクリーンのうえに波濤のように押しよせ、ひき潮のように去っていった歴史の流れから、私も抜けだせないでいた。四時間三〇分という上映時間が信じられないほど短く感じられた。その時間は一七〇時間のなかの、ほんのわずかな時間でもある。観客は白くなったスクリーンに向かって手を鳴らした。感情をあまりださない日本人が、舞台でもコンサートでもない白い幕に向かって拍手を贈ったのだ。敗戦の日、胸の底に沈めた感情が、映像の威力に呼びさまされたのであろうか。拍手の音をききながら、まだ日本の国はだいじょうぶなのだ、と不安が信頼の確信にかわった。

天山山脈の向こうへ

歳月が中国をかえた。私が老いたのかもしれない。かつて私が思いを寄せた中国は、深く記憶の底に沈み、日々、薄れていく。

中国人民解放軍の軍機で北京を発ったのは、一九九一年八月一〇日の朝であった。新疆ウイグル自治区へ向かっての旅立ちだった。軍機は急上昇したあと雲海すれすれに水平飛行に移り、二四〇〇キロ先の区都ウルムチをめざして飛びつづけた。風圧で窓が軋《きし》む音をたて、異様に高いエンジン音が耳を刺した。当時はこんな旧型機が日常だった。

だがこの二〇年で、中国は眼をみはる成長を遂げた。

二〇一一年七月一日、中国共産党創立九〇周年の式典があった。胡錦濤主席は〈強大な軍隊は国家の主権と安全、領土の強固な後ろ盾〉であると講演し、〈軍の強化を進める〉と胸を張った。軍の装備は陸、海、空とも近代化され、公表された中国の軍事費は急速にふえて、いまやアメリカ、イギリスにつぐ世界第三位の強大な軍事国家になった。空母もまもなく完成する勢いに近隣の国々の緊張は高まっている。

結党時、五〇人ほどだった党員は八〇〇〇万人になり、共産主義青年団の予備員数をあわせると一億六〇〇〇万人という巨大な政党になった。兵器やシステムだけでなく、戦闘スタイルの革新にもちからを入れ、通常兵器による軍事力も強力になった。アメリカによる湾岸戦争、アフガニスタン戦争、イラク戦争などの軍事的な成果のなりゆきに、中国政府はつよい刺激をうけたのかもしれない。ロシアの専門家によれば、二〇一五年ごろには第五世代戦闘機が配備されるのではないか、との指摘もある。

悠久五〇〇〇年におよぶ中国の歴史は、他民族に蹂躙され、列強の軍靴に踏まれつづけた歳月でもあった。刻みつけられた被害者の意識を顧みるとき、軍事の拡張路線にもそれなりの理由はあろう。だが富国強兵への国策は、かつての日本が択んだ道でもある。軍部主導の膨張主義は、国を灰燼に帰し、惨禍のほかになにものこさなかった。中国にはいまも周恩来初代首相の比類なき統治の平衡感覚が息づいていると信じたい。日本の轍を踏まないためにも、この偉大な先人の英知を国際政治の場で活かすことはできないのであろうか。

その日、フライトのまえに、私は天安門広場に立ち寄った。早朝の広場は深い朝靄《あさもや》のなかに沈んでいた。ああ、あの事件はここでおきたのか、と、私は思わず嘆息を洩らした。八九年六月四日、ここを埋めつくした多くの学生と市民が自国の軍隊の銃口にさらされた。ほんの二年まえ、世界を震撼とさせた事件がここでおきたとは思えないほど、広場は鎮まりかえっていた。

遠くからかすかに人のかけ声がきこえてきた。眼を凝らすと、普段着の人たちが七、八人、元気に格闘技や護身術の練習をしていた。中国の伝統の太極拳だろうか。その平和な光景と、なまなましい血塗られたできごととが、おなじ広場でおきたとは信じがたかった。人間の底知れぬ怖さである。

私は広場の中央に立ち周囲を見渡した。南北八八〇メートル、東西五〇〇メートル、世界でいちばん広いといわれる五〇万人を収容できる広場は、その広さのために、いくどとなく歴史上の大事件の舞台になり、革命運動の拠点になった。

北に毛沢東の記念堂がみえ、東に中国国家博物館、西に人民大会堂がそびえていた。太陽の昇る方角を過去に喩《たと》え、沈む方角を未来になぞらえた設計だという。人民大会堂は日本の国会に相当する建物だ。全国人民代表大会の議場のほか、常務委員会の事務所が三〇〇室あり、会議場の三三室には行政区分にちなんだなまえがついていた。どの部屋も各地の風土をインテリアで象徴するという凝りようだった。

前夜、中日友好ツーリングの取材班のひとりとして招かれた宴会ホールが、その北側にあった。ロビーには赤い絨毯が敷きつめられ、中央に円形の舞台がしつらえられていた。民族衣装をまとった七人の中国女性が艶《あで》やかに民族舞踊を披露したあと、ひとりの舞姫が、大きな扇を宙にゆるやかに泳がせながら孔雀を妖艶に舞った。つづいて若い男女の恋物語、と夜遅くまで興趣はつきなかった。中国料理は、固有の回転テーブルではなく、卓上に一品ずつだされるフルコースだった。そんな夢幻の夜も、あさの広場に立つと胸の痛みにかわった。現代中国の明暗の二面をみせられた思いがした。

広場の一劃に長方形の鉄板が敷かれていた。その下は水が流せる構造になっていて、大規模な集会があるときには、鉄板をはずして臨時のトイレにするのだそうだ。地中には、シェルター「北京地下城」がひそかにつくられている、と通訳の中国青年に教えられた。ソビエトと国境の問題が悪化した六九年、北の軍事大国の侵攻に備えたのだという。同盟国の入り組んだ関係に、私はかえす言葉をさがしあぐねた。

天安門広場のカルチュア・ショックは大きかった。機上で追想にふける私の眼のまえに、雲海を突き破って鋭く尖った山の巓《いただき》が忽然とあらわれた。ダイヤモンドのように白く燦《きら》めいたのは、万年雪におおわれた天山山脈の天辺だった。ウイグル語の天の山を意味するテンリ・タグ（Tengri tagh）が語源だという。雪どけ水が広大なゴビの砂漠の各地にオアシスを出現させ、地下水脈が砂漠に生きる人びとを何千年も護りつづける霊山だ。

山脈の裾野は広い。中央アジアからタクラマカン砂漠へ、さらにカザフスタン、キルギスへとひろがり、南はパミール高原へと、その雄姿は壮大だ。一番高い山脈が中国とキルギスの国境にある七四三九メートルのポベーダ、つぎに高いのはカザフスタンとキルギスの国境にある七〇一〇メートルのハン・テングリ、三番目がキルギスと新疆ウイグル自治区の境界に位置する三七五二メートルのトルガルト峠だ。

軍機は天山山脈をこえ、区都ウルムチへ機首を向けた。急降下の技が一般の旅客機とのちがいを実感させた。雲海の下に出ると、新疆ウイグル自治区の地表がいっきに近くなった。眼下には、緑や黄、橙色《だいだいいろ》などの彩りに区切られた田園がひろがって、はるか地平まで延びていた。中国が広大な大陸であることをあらためて実感させた。

軍機から降り立って、私は大地をしっかりと踏みしめた。区都ウルムチの郊外だった。

車は都心に向かって猛スピードで土埃《つちぼこり》を撒き散らした。土造りの平屋が沿道につづいた。道の凹凸にタイヤが激しくバウンドをくりかえしたが、運転手は馴れたものだった。

やがて視野が、いっきにイスラームの光景にかわった。

街には、緑色のドームとミナレットのモスクがそびえ、若者に操られたロバ車がひづめの音を街路に響かせて通りすぎていく。ウルムチの街に中国風の面影《おもかげ》は微塵もなかった。真昼なのにモスクの広場のあちこちに人垣ができていた。黒い鳥打ち帽子をかむった若者、白いひげを胸まで垂らした老人、原色の衣裳をまとったトルコ系の女性……。私がはじめて会う未知の人びとだ。路地のあちこちでおだやかに談笑しているのも、ほとんどがウイグル族の人たちだった。街路も、建物も、ことごとくがイスラーム一色に塗りこめられていた。

バザールと呼ばれる市場は、ウイグル人と肩がふれあうほどの混雑ぶりだった。私はまばたきもできないほど、息づまる感動につつまれた。所狭しとならんでいたのは種々雑多な生活用品だ。羊の肉を串焼きにしたシシカバブの煙のなかに、原色の衣服が吊りさげられ、そのならびには、彩りゆたかな果物が山積みにされていた。こだわりのないおおらかな陳列ぶりは、異国の情趣にみちていた。ウイグル人たちと年来の友のように肩をならべ、私はゆっくりとバザールの一日を愉しんだ。

博物館の門をくぐって奥へすすむと、薄暗い建物のなかにミイラが展示されていた。積年の憧れの恋人だった〈ロブノールの美女〉にやっと会うことができた。タクラマカン砂漠の楼蘭で、一九八〇年に発掘された白人女性に、私は胸をときめかせた。三八〇〇年まえの遺体は、金髪に鷹の羽を挿《さ》し、皮靴を履いて横たわっていた。三八歳から四五歳ぐらいだろうか。身長は一五二センチほどだが、生前は一五八センチの背丈があったという。

この西域では、その後も発掘がつづけられ、数多くの遺体が長い眠りからこの世に戻ってきている。

動物の角でつくった哺乳器といっしょに埋葬されていた赤ちゃん、ローラン故城でみつかったという編物に包まれた四、五歳のこども、難産で亡くなったという毛織りのズボンをはいた二〇代の女性……、短かった寿命に愛惜の情がわく。仲良く合葬された男女も二組みつかっている。四〇代の男と五〇代の女。三〇代の男と七〇代の女。ありし日の絆にさまざまな感慨が胸にあふれる。額に金の薄板をつけた男性に身分の高さを思い、帽子に二本の房をつけて埋葬されていた夫人には頬がゆるむ。房の数は夫の数をあらわし、多いほど女性の誇りなのだそうだ。

砂漠で生をおえた古代の人たちの遺体は、どれも二〇〇〇年から三八〇〇年ほどまえのヨーロッパ人だという。この西域一帯が、かつてはヨーロッパ圏であったことを、沈黙したミイラたちが雄弁に物語っていた。

新疆ウイグル自治区には現在、二〇〇〇万人をこえる一五の少数民族が暮らしている。その半数近くがウイグル族だが、いまは漢族がその同数に近い。それにカザフ族、回族をあわせた四つの民族で全体の九七パーセントを占め、キルギス族、オイラト族、タジク族などがつづく。

ところが自治区の要職は、国の政策によってこの地域へ移住した漢族が占めた。二〇〇九年七月五日、事件がおきた。およそ三〇〇〇人のウイグル族の人たちが〈少数民族への差別をなくし、ウイグル人固有の文化や宗教を尊重してほしい〉と訴えた。治安部隊の鎮圧によって平和なデモが一変した。武装警官に対抗して、一部の人たちが車両を破壊して放火し、漢族の住民たちを襲撃したとつたえられた。

あの平和だった街が、騒乱の坩堝《るつぼ》になろうとは……。私は信じがたい報せに言葉を失った。

デモ隊が暴徒化した経緯については、双方の見解が大きくへだたっていた。中国当局は、暴動になったのはウイグル独立運動の組織による煽動のせいだと言い、海外へ亡命したウイグル人の組織である世界ウイグル会議は、騒乱が大きくなったのは、当局の武力による攻撃と漢族の襲撃によるものだと反論した。インターネットによれば、当局はデモ隊の一二人を警官隊が射殺したことを認め、死者は一九七人、負傷者は一七二一人で、その大半は漢族が犠牲になったとしている。だが世界ウイグル会議は、ウイグル人の死者は政府の弾圧によって三〇〇〇人に達する、と発表して、真っ向から対立した。

騒乱がおきる一週間ほどまえの六月末、広東省韶関市の玩具工場で、ウイグル人の従業員が漢族のリンチによって殺害されたのが引き金になったという。騒乱は各地へひろがった。ウイグル人が多く住むカシュガルでも、治安部隊と住民が激しく衝突した。民族のあいだの緊張が高まるのを危惧して、当局は自治区の全域に三万人をこえる軍隊と武装警察隊を投入し、漢族とウイグル族との融和を呼びかけた。だが区都ウルムチでは、ウイグル人たちの独立を望む気配がいまも収まらず、騒乱がいつおきてもふしぎではない状況だという。

ミイラたちに遠く思いを馳せた。この世によみがえったあの沈黙の先祖たちは、騒乱をどんな思いでみつめているのであろうか。

新疆ウイグル自治区は、中国全土の六分の一の面積を占め、石油の二八％、天然ガスの三三％を埋蔵する膨大な資源の産出地でもある。それにもまして政府が重視するのは、この地域が軍事の要衝であることだろう。北東部はモンゴル、西はロシア、カザフスタン、キルギスタン、タジキスタン、南西部はアフガニスタン、パキスタン、インド、と、じつに八カ国に国境を接し、総延長は五七〇〇キロにもおよんでいる。資源の確保だけでなく、戦略上も、この地域の民族の分離独立を政府は認めるわけにはいかないのだろう。

民族問題だけではない。人権問題も深刻だ。二〇一〇年、獄中に拘束されていた人権活動家にノーベル平和賞の受賞がきまった。だが中国当局は授賞式への出席を認めなかったばかりか、夫人までも軟禁し、外部との接触を断った。かれは天安門事件にも身を投じた活動家でもある。もうひとり、エイズ患者の擁護や環境問題にとりくむ活動家もノーベル平和賞の候補に名があがった。だが当局によって、かれは一一年六月の刑期満了まで獄中で不当に拘束され、出所後も自宅に軟禁されたまま、夫人とともにきびしい監視をうけているという。

無法な弾圧をうけている人たちは、この国にはじつに多い。さながら第二次世界大戦時の日本の特高警察の暴挙に酷似している。市民の日常生活をたえず監視し、強引な拘束や拷問による弾圧ぶりは、眼をおおいたいものがある。人権にたいする理由のつかないやりくちは、かつてのドイツのゲシュタポにも共通したものがあった。中国の深刻な人権疎外と根深い情報統制には、世界の人びとからも眼がそそがれている。

最近は、中国の人びとと日本人との交流もふえてきた。私にも西安に家族ぐるみでつきあいのある友人たちが何人かいる。だが、かの国の民主化の壁は厚く、あまりにも高い。現状の変革は、まさに百年河清をまつがごとし、である。

いつか来た道

温度計がふっきれるほどの暑さをはじめて肌で知った。日本を出て一〇日ほどがたっていた。中国の新疆ウイグル自治区のトルファン。その郊外の砂漠は〈火州〉とも呼ばれ、汗の雫さえもでない暑さだ。途中、立ち寄ったウルムチは、イスラーム一色の乾いた街だったが、トルファンの街は欧風の緑にみちていた。大通りでは、画家が脚立にあがって巨大な看板に絵を描き、あちこちの広場から、夏祭りの提灯の飾りつけをする女性たちの歓声がきこえた。道行く端正な顔立ちの老婦人に、手をつないで歩く色鮮やかなファッションの孫娘。ぶどう棚の木陰で玉突きをするアロハシャツの若者たち。中国一三億の民は、それぞれの異郷の地に、さまざまな文化と街をつくって暮らしていた。

トルファンの郊外は、歴史の秘蔵地でもある。ホテルを早朝に出て、砂漠の地平に陽が沈むまで、私は来る日も来る日も古代遺蹟にとりこまれて、われを忘れた。

その日の朝も、いつものようにホテルを出ようとして、テレビに視線がとまった。日中戦争のときのモノクロームの映像が放映されていた。日の丸の旗をひるがえし、軍馬にまたがった将校を先頭に、南京の城門をくぐる旧日本軍の隊列が蜿蜒《えんえん》とつづく。たぶん日本人カメラマンが撮った戦時中のニュース・フィルムだろう。画面がかわった。うしろ手に縛られ、つぎつぎと塹壕へ蹴落とされる中国の住民たち。土砂をかぶせられ、容赦なく生き埋めにされていく映像は、顔をそむけたくなるようなむごさだ。中国側のカメラマンによる撮影だろうか。ナレーションは中国語だが、解説の内容はだいたい見当がついた。

その日は一九九一年のちょうど八月一五日、日本では終戦記念日だが、中国では戦勝記念日だ。

私は中国人のホテルマンの視線をさけるように足早に外へ出た。ところが朝の時間帯だけではなかった。昼の店先やレストランでも、テレビが映していたのは日本軍の残虐行為だった。夜、ホテルに戻っても、映像はまだ執拗にくりかえされていた。

たまりかね、通訳の中国青年に訳を訊いた。この地域にはテレビ局が三局あって、そのうちの一局が政府の命令で、戦勝記念日の前後、ほぼ一週間にわたって日中戦争が連日放映されるのだという。

その映像は中国のこどもたちの脳裏に生涯刻みこまれるにちがいない。事実とはいえ、かれらが成長したときの中国の社会を想像して、私は暗い気持ちになった。

青年はもっとおどろく話をした。政府は『中国歴史・教師用指導書』というテキストで歴史教育をしているという。日本を恨むように、こどもの感情につよく訴えよ、と現場の教師を指導するマニュアルは、私の想像をはるかにこえるものだった。

教材は旧日本軍の中国大陸への侵攻が中心になっていて、かなり感情的なものに思われた。インターネットによれば〈教室の雰囲気に気を配り、思想教育の効果があがるように心がけなければならない〉とあって、〈教師は、日本軍の残虐行為の部分を生徒に真剣に読ませ、日本帝国主義への深い恨みと激しい怒りを生徒の胸に刻ませよ〉と指導していた。〈日本帝国主義を心より恨み、蔣介石の無抵抗と国土の喪失を悲しみ、憂国憂民の感情を心にもたせなければならない〉、〈中国を侵略した日本の七三一部隊の「生きた中国人をつかった細菌実験」と「中国人の死体を焼いた焼人炉」との二枚の画像を組みあわせ、生徒の思いを刺激し、日本帝国主義の罪状につよい恨みをいだくように仕向けるべきである〉、と恨みを徹底させた。

ことに南京大虐殺には重点がおかれていた。〈南京大虐殺の時間的経過と人数を生徒におぼえさせよ〉、〈残虐性と野蛮性を暴露せよ〉、と指導は恨み骨髄に徹していた。中国側の発表では、虐殺されたのは二〇万人とも、三〇万人ともいう。江沢民主席は、さらに九四年に『愛国主義教育実施要綱』を制定し、抗日戦争勝利五〇周年にあたる九五年から一貫して強硬路線をとった。

なぜ反日教育にこれほど固執したのだろうか。八九年に天安門事件がおき、九一年にソビエトが破局を迎えた。中国共産党の独裁政権に懐疑の眼が向けられるのを怖れ、内政から国民の関心をそらそうとする思惑があったのだろうか。

その後、中国の人びとの意識が内政から反日感情へと向かったのも、反日教育と無縁とは思えない。むろん対日政策はあくまで中国の内政問題だが、その潮流はいまにつづいているように思われる。

二〇〇五年、日本の国連安保理常任理事国入りに反発して、中国で一〇〇〇万人をこえる反対署名がネットであつめられた。江沢民教育をうけて育った世代だ。四月九日には、北京の反日デモに一万人の学生が参加。デモ隊は日本大使公邸まで行進して暴徒化し、日本の企業や大使館に投石した。翌一〇日には、広州のデモに二万人の若者が参加した。

こうした動きは、その後も中国各地でとだえることがない。一〇年には、中国漁船が日本の領海である尖閣諸島沖へ侵入し、海上保安庁の巡視船に体当たりするまでに反日感情が高まり、世界の耳目をあつめた。

尖閣諸島周辺だけではない。アジアの海への進出を急ぐ中国は、南シナ海でも、ヴェトナムやフィリピンとの摩擦が絶えず、日本でも嫌中意識がつよくなった。それが中国の人びとの感情をさらに悪化させた。だが両国には友好関係を望む人たちも多い。こうした悪循環は、なにより中国のために惜しまれる。

少年期を戦後のぬるま湯のなかですごし、愛国心にも自覚らしいもののなかった私だが、それでも自分の国や民族を愛する気持ちはつよい。苛烈をきわめる江沢民教育をまのあたりにすると、日ごろ中国に好意をいだいている私でさえ、平常心を持続するのがさすがに苦しくなる。

だが、心しなければならない、と私は自分を戒めた。偏狭なナショナリズムにはいくつかの重大な陥穽がある。たとえば、自分の国や民族のうける痛みはいつまでも忘れないのに、他の国や民族にあたえた痛みはすぐに忘れる、というエゴイズム。そして、過激な主張ほど正しい、という錯覚だ。この矛盾と錯覚が、古代からいまにいたる地球上で、どれほどの惨劇をくりかえしてきたか。

トルファンから敦煌へ向かう途上の八月一九日、私は灼熱のゴビ砂漠のまっただなかにいて、通訳の青年からソビエトでおきたクーデターを報された。あの強力な軍事力を誇った連邦国家が、その年の一二月、地球上から忽然と消えた。七〇年におよんだ東西冷戦の歴史は終息し、ひとつの〈物語〉となった。

おなじ時期、中国は鄧小平によって開放経済へと大きく舵をきった。一党独裁と民族問題という共通の悩みをかかえた共産主義の二つの大国は、奇しくも消滅と躍進へ、それぞれ袂《たもと》を分かった。国家が瓦解していくさまを目撃した日本人の多くは、それでもなお、自分たちの国は崩壊するはずがない、と信じているのだろうか。

驚異的な経済成長をつづける中国だが、日本の経済は低迷の底をさまよったまだ。江沢民主席は〈日本なんて、あんな国は二、三〇年後には地球上から消えてなくなっているよ〉と言い放った、とつたえきいた。流言かもしれない。それはともかく、相手の国の主権にたいする繊細な配慮は、いつの時代にもかかせない礼儀だろう。腫れ物にさわるような対応は論外だが、それぞれの国が筋をとおし、納得のできるまで辛抱づよく話をつきつめる外交姿勢は、国際政治には必要かつ不可欠の最優先課題に思われる。

反日感情の確執の種は、はるか以前に蒔《ま》かれていた。だが、それより以前に、この国に種を蒔いた〈隣国〉があるのを忘れてはならない。他国の領土を侵略し、住民を虐殺した日本の罪は重い。蒔かぬタネは生えぬ、という歴史の教訓は連綿と絶えることがない。まさに泉の涌くがごとし、である。

◆初出一覧

宇宙飛行士のペン　「小説家」一一七号、二〇〇四年
遅れた巣立ち　「小説家」一二一号、二〇〇六年
大学教授の怒り　「小説家」一一八号、二〇〇五年
父の遺言状　「作家」四一四号、一九八三年
純文学アレルギー　「作家」四〇四号、一九八二年
事実と真実　「作家」四一一号、一九八三年
道程はるか　「小説家」一二〇号、二〇〇五年
声の波紋　「作家」四〇六号、一九八二年
顔のみえない犯罪者たち　「小説家」一二四号、二〇〇七年
いさぎよい罰の甘受　「作家」四二五号、一九八四年
ある映像の記憶　「小説家」一二三号、二〇〇六年
天山山脈の向こうへ　「小説家」一三五号、二〇一一年
いつか来た道　「小説家」一三四号、二〇一一年

＊一部、改題加筆しました。

【著者略歴】

山田直堯（やまだ・なおたか）

1938年生まれ。ニュース映画制作、新聞記者を経て、フリーライター。1964年、『恐怖の新薬渦・十字架の子ら』で第14回ブルーリボン賞ニュース映画賞（作品受賞）、1975年、東京コピーライターズクラブ新人賞、1985年、『赤い服』で第11回中央公論新人賞次席。著書に、『赤い服』（青弓社、1989年）、『回帰線』（青弓社、1990年）、『山田直堯短篇小説（朗読小説集・全三巻）』（レッドクローズ、2008年）。

宇宙飛行士のペン

2012年9月25日初版第1刷印刷
2012年9月30日初版第1刷発行

著　者　山田直堯

発行者　髙木 有

発行所　株式会社作品社

〒102-0072東京都千代田区飯田橋2-7-4
TEL.03-3262-9753　FAX.03-3262-9757
http://www.sakuhinsha.com
振替口座00160-3-27183

編集担当　青木誠也
装幀・装画　水崎真奈美（BOTANICA）
本文組版　前田奈々
印刷・製本　シナノ印刷株式会社

ISBN978-4-86182-398-5 C0095